La increíble historia de...

M

Papel certificado por el Forest Stewardship Council®

Título original: *Bad Dad*
Primera edición: abril de 2018
Tercera reimpresión: febrero de 2020

Publicado originalmente en el Reino Unido por HarperCollins Children's Books,
una división de HarperCollins Publishers Ltd.

Printed in Spain – Impreso en España

ISBN: 978-84-9043-954-8
Depósito legal: B-2.980-2018

Compuesto en Compaginem Llibres, S. L.

Impreso en Reinbook Serveis Gràfics, S. L.
Sabadell (Barcelona)

GT 3 9 5 4 8

Penguin
Random House
Grupo Editorial

David Walliams

La increíble historia de...

EL PAPÁ
*BANDIDO

Ilustraciones de
Tony Ross

Traducción de
Rita da Costa

montena

AGRADECIMIENTOS

ME GUSTARÍA DAR LAS GRACIAS A:

Mi editora ejecutiva
AJ
ANN-JANINE MURTAGH

Mi ilustrador
TONY ROSS

El director general
CHARLIE REDMAYNE

Mi agente literario
PAUL STEVENS

Mi correctora
ALICE BLACKER

La editora jefe
Kate Burns

La directora editorial
SAMANTHA STEWART

La directora creativa
VAL BRATHWAITE

La diseñadora gráfica
ELORINE GRANT

La diseñadora de cubierta
KATE CLARKE

La directora de marketing y R.P.
GERALDINE STROUD

La audioeditora
TANYA HOUGHAM

La editora de mesa
RACHEL DENWOOD

David Walliams

Los papás vienen en todos los tamaños y formas posibles. Los hay **GORDOS** y flacos, altos y bajos. Los hay **jóvenes** y viejos, listos y tontos.

Los hay SERIOS y **BROMISTAS**, los hay tímidos y **extrovertidos**.

Y, por supuesto, los hay buenos y **malos**.

He aquí la historia de un padre y su hijo.

Frank
es el hijo.

Gilbert
es el padre.

Esta de aquí es **Rita**,
la madre de Frank.

La **tía Flip** es la tía de papá.
A veces cuida de Frank.

El **señor Grande** es el jefe de una banda criminal, y es sorprendentemente pequeño. Ya sea de día o de noche, siempre va con su pijama de seda, su batín y unas zapatillas de terciopelo con el monograma «Señor G» bordado.

El señor Grande tiene dos matones a sueldo, Manilargo y Pulgarzón.

Manilargo se llama así por sus dedos afilados, perfectos para robar carteras.

Pulgarzón tiene unos dedos enormes que usa para torturar a los enemigos del señor Grande.

Tom y **Jerry** son los temibles
sobrinos de Pulgarzón.

Chang es el siniestro
mayordomo del
señor Grande.

La **madre Judith** es la párroca del pueblo.

El **sargento Chasco**
es el policía del pueblo.

El **señor Peonza** es tuerto y
trabaja como celador en la cárcel.

El **juez Pilar** es conocido por tener el corazón duro como una piedra.

Raj es un quiosquero.

He aquí un mapa del pueblo.

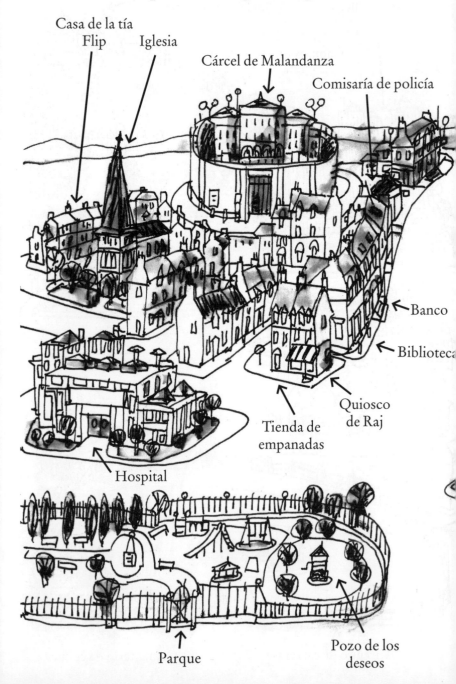

Casa de la tía Flip

Iglesia

Cárcel de Malandanza

Comisaría de policía

Banco

Biblioteca

Quiosco de Raj

Tienda de empanadas

Hospital

Parque

Pozo de los deseos

Bloque de apartamentos de Frank y Gilbert

VILLA RUFIÁN, la casa del señor Grande

Campos que la rodean

Campo de fútbol

Pub EL HACHA Y EL VERDUGO

Polígono industrial

Circuito de carreras

Cementerio de coches

CAPÍTULO

I

¡BRRRUM!

¡BRRRUM!, rugió el coche de papá mientras corría a toda velocidad por la pista de tierra batida. El padre de Frank era piloto de carreras de coches de desguace. Un deporte peligroso. Los coches se estrellaban unos contra otros...

¡PAM!

¡PAM!

¡PATAPLUM!

¡CATACRAC!

...y pasaban zumbando, dando vueltas sin parar.

El padre de Frank iba al volante de un viejo Mini cuyo motor él mismo había trucado. Le había pintado la bandera del Reino Unido y lo había bautizado como «**Reina**» en honor a una señora a la que admiraba, Su

Majestad la **Reina** de Inglaterra. El coche se había hecho tan famoso en los circuitos de carreras como su piloto. El motor de **Reina** sonaba de una manera inconfundible, como el rugido de un león: ¡BRRUM!

El padre de Frank era el **rey del circuito**, el mejor piloto de coches de desguace que habían visto nunca en el pueblo. La gente venía de todo el país para verlo correr. Tenía el récord de victorias consecutivas. Semana tras semana, mes tras mes, año tras año, Gilbert levantaba el trofeo mientras la multitud lo aclamaba y coreaba su nombre:

¡GILBERT, EL GRANDE!
¡GILBERT, EL GRANDE!
¡GILBERT, EL GRANDE!
¡GILBERT, EL GRANDE!"

La vida era una fiesta. Como el padre de Frank era el héroe local, todo el mundo quería ser su amigo. Siempre que lo llevaba a comer una empanada de carne, el dueño de la tienda les dejaba repetir y no consentía que le pagaran. Si Frank iba andando por la calle con su padre, la gente que pasaba en coche tocaba el claxon...

¡P*III*! P*III*!

... y lo saludaba con una sonrisa. Cada vez que eso ocurría, el chico se sentía muy orgulloso. Su profesor de mates hasta le subió la nota de un examen después de sacarse una foto con Gilbert en la fiesta de padres de la escuela.

Pero el mayor fan de Gilbert era su propio hijo.

El chico adoraba a su padre. Lo veía como un

héroe. Frank soñaba que algún día sería como su padre, un campeón de las carreras. Lo que más deseaba en el mundo era ponerse al volante de **Reina**.

Como era de esperar, padre e hijo se parecían bastante físicamente. Ambos eran bajitos, rechonchos, y tenían orejas de soplillo. Era ver al chico y pensar que su padre había pasado por una máquina de encoger personas. Frank sabía que nunca sería el más alto, ni el más *guapo*, ni el más fuerte, ni el **más listo**, ni el más gracioso de la escuela. Pero había visto la **magia** y el asombro que su padre inspiraba en los demás con su habilidad y valentía en el circuito de carreras. Esa sensación era lo que más deseaba experimentar en la vida.

Sin embargo, Gilbert había prohibido a Frank verlo competir. La carrera empezaba con veinte coches dando vueltas al circuito a toda pastilla, pero al final solo un coche quedaba entero. No era raro que los pilotos se hicieran mucho daño cuando los coches acababan amontonados unos sobre otros, y a veces hasta los espectadores salían malparados cuando los vehículos se estrellaban contra las gradas.

—Es peligroso, socio —decía Gilbert. Siempre le llamaba «socio». Eran padre e hijo, pero también grandes amigos.

—Pero, papá... —protestaba el chico mientras su padre lo arropaba en la cama.

—Nada de peros, socio. No quiero que vengas a ver cómo me hago daño.

—¡Pero si eres el mejor! ¡Nunca te harás daño!

—He dicho que **nada de peros**. Venga, pórtate bien. Dame un **achumaco*** y a dormir.

---

* Así llamaban a su abrazo especial, una mezcla de achuchón y arrumaco.

Papá siempre lo besaba en la frente antes de salir a disputar una carrera. Frank cerraba los ojos y fingía quedarse dormido. Sin embargo, tan pronto oía que la puerta se cerraba, se levantaba de la cama sin hacer ruido y se escabullía por el pasillo, gateando para que su madre no se diera cuenta. Siempre que Gilbert salía de casa, la mujer se encerraba en su dormitorio y se ponía a cuchichear por teléfono. Sin quitarse el pijama, el chico se iba corriendo hasta el circuito de carreras.

Justo por fuera del estadio se alzaba una inmensa pila de viejos coches **oxidados** que no habían sobrevivido a las carreras anteriores. Frank se encaramaba a lo alto de aquella torre, que tenía las mejores vistas de la carrera. El chico se sentaba con las piernas cruzadas en el techo del último coche y veía cómo aquellos viejos cacharros daban vueltas a toda velocidad. Cada vez que el Mini de su padre, **Reina**, pasaba zumbando ante sus ojos, rugiendo sin parar, el chico lo animaba.

Su padre no tenía ni idea de que Frank estaba allá arriba. Le había prohibido asistir a las carreras porque temía que pasara lo peor.

Y una noche eso fue justo lo que pasó.

CAPÍTULO

2

FUERA DE CONTROL

La noche del accidente, el coche de Gilbert empezó a dar señales de que algo iba mal desde el principio. En lugar de emitir su característico rugido, el motor del Mini chirriaba estrepitosamente, como si estuviera a punto de explotar.

Ya en la línea de salida, en cuanto puso la primera y arrancó, **Reina** se precipitó hacia delante y avanzó a trompicones, como un toro desbocado.

Esa noche fatídica, Frank asistía a la carrera sentado en lo alto de la pila de coches, por fuera del estadio, como siempre. Estaban en pleno invierno, llovía a cántaros y soplaba bastante viento. Aunque acabara calado hasta los huesos, el chico nunca se perdía una carrera.

Pero esa noche algo salió mal. Terriblemente mal.

En cuanto la bandera ondeó en el aire, dando comienzo a la competición, el padre de Frank empezó a tener problemas para controlar su propio coche.

Esa noche no se oyó el típico rugido del motor del Mini, sino solo aquel chirrido inquietante. En las gradas se hizo un silencio sepulcral, y Frank notó que se le encogía el estómago.

De pronto, el tubo de escape de **Reina** pareció saltar por los aires.

¡BUUUM!

—¡PAPÁ! —gritó el chico. El hombre no podía oírlo a tanta distancia, y menos con el estruendo de los motores de los otros coches. Frank solo pensaba en ayudar a su padre. Tenía que hacer algo, lo que fuera. Pero lo cierto es que no podía haber hecho nada para impedir lo que estaba a punto de suceder.

El Mini ganó mucha velocidad, y luego no podía frenar. Estaba fuera de control.

¡FIUUU!

El secreto de un buen piloto de carreras es saber cuándo acelerar y cuándo frenar. Frank no tardó en comprender que su padre estaba tomando las curvas demasiado deprisa, lo que no era propio de un campeón de las carreras. El corazón le latía como si quisiera salírsele del pecho. Los frenos de **Reina** debían de estar fallando. Pero ¿cómo podía ser? Su padre siempre revisaba el coche una y mil veces antes de cada competición.

De repente, **Reina** *viró* bruscamente para evitar darse de morros con un Ford Capri. Pero el Mini iba

demasiado deprisa, y al tomar la curva volcó y empezó

a dar vueltas de campana.

¡CATAPLÁN!

¡CLONC!

¡CATAPLÁN!

El coche de Gilbert quedó patas arriba en medio del circuito. El Jaguar que venía detrás lo embistió a toda velocidad. El Mini salió volando por los aires, volvió a estrellarse contra el suelo...

¡CATAPUMBA!

... y se quedó inmóvil.

—¡NO, PAPÁ, NO! —gritó Frank desde lo alto de la pila de coches.

Abajo, en el circuito, también se estaba formando una buena pila, porque los coches no lograban frenar a tiempo y se empotraban contra el Mini.

¡PATAPAM!

¡CLONC!

¡CATACRAC!

El ruido del metal abollado se mezclaba con el de los cristales rotos.

¡BUUUM!

¡Uno de los coches explotó, provocando una bola de fuego!

—¡NOOO! —chilló Frank.

El chico se descolgó a toda prisa de la torre de coches y, abriéndose paso entre la multitud, corrió hasta el Mini de su padre. Un helicóptero de los servicios médicos planeó sobre el circuito y aterrizó en la pista. Frank cogió la mano de su padre entre un amasijo de hierros mientras los bomberos intentaban liberarlo con una sierra eléctrica.

—¿Qué haces aquí, socio? —le preguntó el hombre con un hilo de voz—. Deberías estar en la cama.

—Lo siento, papá —contestó Frank.

—Cuando salga de esta, voy a necesitar el mayor **achumaco** de todos los tiempos.

—Todo saldrá bien, papá. Te lo *prometo*.

Pero aquella era una *promesa* que el chico no podía cumplir.

CAPÍTULO

3

A LA PATA COJA

¡NIII**NOOO**, NIII**NOOO**!

Frank no soltó la mano de su padre mientras la ambulancia lo trasladaba al hospital a toda velocidad. La pierna derecha de Gilbert había quedado aplastada a causa del accidente, y el hombre perdía mucha sangre.

—Señor Buenote —empezó el médico en cuanto el padre de Frank ingresó en urgencias—. Tengo malas noticias. Hay que amputarle la pierna.

—¿Cuál de ellas? —preguntó el hombre, sin perder el sentido del humor en un momento tan terrible.

—La derecha, por supuesto. Si no lo operamos enseguida, es posible que muera.

—¡No quiero que te mueras, papá! —exclamó Frank.

—Tranquilo, socio. Se me da muy bien saltar a la pata coja.

Mientras se lo llevaban volando al quirófano, Frank intentó llamar a su madre una y otra vez, pero el teléfono no dejó de comunicar durante horas. La operación se alargó toda la noche. Frank daba vueltas y más vueltas en la sala de espera, incapaz de pegar ojo. Al día siguiente, cuando su padre se despertó de la anestesia, lo primero que vio al abrir los ojos fue a su hijo.

—Socio, eres el mejor —dijo con un hilo de voz. Saltaba a la vista que le dolía mucho.

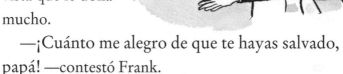

—¡Cuánto me alegro de que te hayas salvado, papá! —contestó Frank.

—Por supuesto. ¿Cómo iba a perderme el placer de verte crecer? ¿Dónde está tu madre?

—No lo sé, papá. Anoche la llamé un montón de veces, pero el teléfono comunicaba todo el rato.

—Ya vendrá.

Pasaron un par de horas hasta que lo hizo.

—¡Ay, Gilbert! —exclamó al verlo, y rompió a llorar como una magdalena.

La reunión familiar fue breve, sin embargo, ya que la madre de Frank no tardó en marcharse. Gilbert estuvo ingresado en el hospital durante meses, pero las visitas de su esposa se fueron haciendo cada vez menos frecuentes y más breves. Sin embargo, las enfermeras montaron una camita plegable para Frank, que no pasó ni una noche lejos de su padre.

Un día, los médicos trajeron una prótesis de madera para Gilbert. Le iba perfecta. En cuestión de días, aprendió a caminar de nuevo y cuando le dieron el alta insistió en volver a casa andando.

—¡Aún puedo hacer de todo! —proclamó con orgullo.

Gilbert cojeaba al andar, y Frank no le soltó la mano en ningún momento, pero al final llegaron a su bloque de apartamentos.

Cuando entraron en casa, no encontraron a la madre de Frank. La mujer había dejado una nota sobre la mesa de la cocina. Decía así:

Para Frank
y Gilbert:
Lo siento.
Rita

CAPÍTULO

4

HOMBRES MALCARADOS

—¿Qué significa esta nota, papá? ¿Por qué dice que lo siente?

—Porque se ha ido.

—¿No va a volver?

—No.

—¿Por qué no?

—Tu mamá se ha ido a vivir a una casa grande con un hombre pequeño.

—¡Pero...!

—Lo siento, Frank. Lo he hecho lo mejor que he podido. Pero al parecer tu madre no tiene bastante con eso.

—Lo siento, papá.

—Necesito un **achumaco**.

—Yo también.

Padre e hijo se abrazaron con fuerza y se pegaron una buena llantina.

El padre de Frank nunca se rebajó a hablar mal de su mujer —que para entonces era ya su exmujer—, pero al chico le dolía mucho que su madre se hubiese marchado sin ni siquiera despedirse de él.

Aunque ahora vivía en una casa enorme, la madre de Frank nunca lo invitó a visitarla. Ni una sola vez. Cuando se olvidó del cumpleaños de su hijo por segundo año consecutivo, Frank ya no tenía el menor interés en verla. Las semanas y los meses fueron pasando sin que tuviera noticias de ella, hasta que de pronto le parecía impensable llamarla siquiera. Pero Frank nunca dejó de pensar en su madre. Era un lío tremendo porque, por mucho daño que le hubiese hecho, seguía queriéndola.

Su padre perdió muchas cosas a raíz del accidente. No solo la pierna, sino también a su mujer. Y estaba a punto de perder otra cosa que apreciaba mucho.

Su trabajo.

Gilbert adoraba ser piloto de carreras. Era su gran sueño desde niño. Pese a sus súplicas, los dueños del circuito le prohibieron volver a participar en las carreras. Le echaban la culpa del accidente y no querían volver a verlo por allí. Peor aún, le dijeron que, por su propio bien, no debía correr con una sola pierna.

Así que Gilbert intentó por todos los medios encontrar otro trabajo, de lo que fuese. Sin embargo, había mucho desempleo en el pueblo, y un hombre con una pata de palo siempre sería el último de la lista de aspirantes.

El padre de Frank estaba acostumbrado a que lo trataran como una estrella del rock, pero de pronto se sentía como un cero a la izquierda.

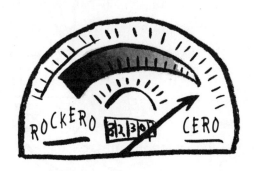

Dos gélidas Navidades después, nada había cambiado. Cuanto más tiempo pasaba, más se preocupaba Frank por su padre. A veces lo encontraba sentado a solas en el sillón, con la mirada perdida. Era capaz de pasar varios días sin salir del piso.

Ya nadie tocaba el claxon para saludarlos

cuando iban por la calle, y no podían permitirse el lujo de salir a comer una **empanada en la tienda** de la esquina, donde ya no los invitaban a repetir sin pagar.

El día que Frank cumplió once años, su padre le regaló un enorme circuito de carreras en miniatura. El chico lo adoraba.

Era el mejor regalo que le habían hecho nunca. Su padre hasta pintó la bandera británica en uno de los Mini en miniatura que venían con el juguete para que fuera idéntico a **Reina**. Se quedaban jugando juntos hasta las tantas, reviviendo las famosas victorias de Gilbert en las carreras.

Sin embargo, por mucho que le gustara su regalo, Frank no podía evitar preguntarse de dónde había sacado su padre el dinero para comprarlo si llevaba ya un par de años en el paro. Frank sabía que muy pocos niños podían permitirse esa clase de juguetes.

Los circuitos de carreras cuestan mucho dinero, y su padre no lo tenía.

Poco después del cumpleaños de Frank, una serie de **hombres malcarados** empezaron a aporrear la **puerta del piso**.

¡PAM, PAM, PAM!

Agitaban trozos de papel y despotricaban sobre «deudas impagadas». Luego apartaban a Frank de un empujón y entraban en su casa por la fuerza. Una vez dentro, cogían cualquier cosa que les pareciera de valor y se la llevaban por las bravas. Primero fue la tele, luego el sofá, y finalmente la litera del chico.

En cierta ocasión, Frank se negó a abrir la puerta y entonces, ni cortos ni perezosos, la arrancaron de cuajo. Ese día se llevaron su circuito de carreras.

Después de cada una de aquellas visitas, su padre se ponía muy triste. La desesperación se reflejaba en su rostro y se quedaba sentado sin decir ni mu. Frank hacía lo posible por animarlo.

—No te vengas abajo, papá —le decía el chico—. Algún día conseguiré que nos devuelvan todas nuestras cosas. Te lo prometo. De mayor seré piloto de carreras, como tú.

—Ven aquí, hijo mío, y dame un **achumaco**.

Cuando se abrazaban, todas las penas se desvanecían. Puede que fueran pobres, pero Frank nunca sintió que le faltara nada. No le importaba que sus jerséis tuvieran tantos agujeros que había casi más agujeros que jersey. Tampoco le importaba tener que llevar los libros a clase en una bolsa de plástico que siempre se rompía. Llegó un momento en que hasta le parecía normal tener una sola bombilla que funcionara en el piso, aunque por las noches tuvieran que llevársela de una habitación a otra para alumbrarse.

Nada de todo esto le importaba porque el chico tenía el mejor padre del mundo. O eso creía.

CAPÍTULO

5

ALTAMENTE SECRETO

Una noche, mientras cenaban una lata de judías frías en su frío piso, el padre de Frank le anunció algo.

—A partir de ahora todo cambiará.

El chico no pudo evitar preocuparse. Pese a no tener nada, le gustaba su vida tal como era. Su padre le puso una mano en el hombro para tranquilizarlo.

—No te preocupes, socio. Todo cambiará para bien.

—Pero ¿cómo?

—Nuestra vida está a punto de dar un vuelco. He encontrado trabajo.

—¡Genial, papá! ¡Cuánto me alegro!

—Yo también —dijo el hombre, aunque no parecía tenerlas todas consigo.

—¿Y en qué consiste ese trabajo?

—En conducir.

—¿Vuelves a las carreras? —preguntó Frank, incapaz de disimular su entusiasmo.

—No —contestó su padre, y tras reflexionar unos instantes añadió—: Pero tendré que pisar el acelerador. A fondo.

—¡Qué guay!

Los ojos del chico se iluminaron como los faros de un coche.

—¡Sí, qué guay! Y además ganaré dinero. Mucho dinero. Podremos recuperar la tele.

—La tele es aburrida. Me gusta más escuchar tus historias de las carreras.

—De acuerdo, socio, ¡entonces podemos recuperar el sofá!

El chico se lo pensó unos instantes. No era cómodo cenar sentado en una caja de fruta.

—¡No me importa que se me claven astillas en el pandero!

—¿En serio? —preguntó su padre, riendo entre dientes y balanceándose en su caja de fruta como si fuera una mecedora.

—*¡Ay!* ¡Ya se me ha clavado otra!

—¡Ja, ja, ja!

—De acuerdo, de acuerdo. Ya sé qué es lo que te mueres de ganas de recuperar.

—¿Qué?

—Tu circuito de carreras.

El chico no supo qué decir. Era verdad que echaba mucho de menos ese juguete.

—Supongo que sí, papá.

—Siento mucho que se lo llevaran, socio.

—No pasa nada.

Frank se dio cuenta de que su padre le ocultaba algo, pero no podía imaginar qué era. ¿En qué consistiría aquel trabajo misterioso?

—¿Y qué clase de vehículo vas a conducir, papá? ¿Un coche de carreras?

—No, tengo que ir a toda mecha, pero no por un circuito, sino por la calle.

—¿Vas a llevar una ambulancia?

—No.

—¿Un camión de bomberos?

—No.

El chico abrió los ojos como si se le fueran a salir de las órbitas.

—¿No será un coche patrulla?

Su padre se las arregló para asentir y negar con la cabeza al mismo tiempo.

—Algo parecido, sí.

En ese instante, el cerebro de Frank frenó en seco.

—Papá, ¿a qué te refieres con «algo parecido»?

—Pues, verás, es **ALTAMENTE SECRETO.**

—¡DÍMELO! —suplicó el chico.

—¡Si te lo dijera, ya no sería **ALTAMENTE SECRETO!**

—Bueno, sería casi **ALTAMENTE SECRETO.**

—No puedo, socio. Lo siento. Pero me van a pagar, eso es lo importante. Mucho dinero. Una fortuna. Y podremos comprar cosas. Montones y montones de cosas. Unas zapatillas nuevas, juguetes, videojuegos, lo que tú quieras.

Frank vio cómo los ojos de su padre hacían chiribitas y no le dio buena espina. Todo aquello sonaba demasiado bonito para ser verdad.

—Pero yo no necesito montones de cosas, papá. Solo te necesito a ti.

Su padre bajó al fin de la nube.

—Ya, ya. No sufras, aquí estaré. No me iré a ninguna parte.

—¿Me lo prometes?

—Sí, claro. Te lo prometo, socio.

—¿Y no te harás daño? —preguntó el chico. Lo último que quería era que su padre perdiera la otra pierna.

—¡*Prometido*! —replicó su padre, y levantando tres dedos de la mano derecha añadió—: ¡Palabra de *boy scout*! **¡Ja, ja, ja!**

—¡Pero si tú nunca has sido boy scout!

—Eso da igual. Ahora acábate las judías, que tienes que irte a la cama.

Como todos los niños del mundo, Frank sabía exactamente cuándo había llegado la hora de irse a la cama y cuándo no.

—¡Pero si todavía no es hora de acostarme! —protestó.

—Para cuando estés listo para meterte en la cama, lo será.

Aunque sonara sensato, este razonamiento lo sacaba de quicio.

—¡No es justo! ¿Por qué tengo que irme ya a la cama?

—La tía Flip está a punto de llegar, vendrá a quedarse contigo esta noche.

—Oh, no —replicó Frank.

—No te pongas así. Es la única familia que nos queda. Y siempre está encantada de venir a hacer de canguro.

—No soy un bebé.

—Ya lo sé, socio.

—¿Y por qué se llama hacer de canguro? Ni que se pasaran la noche botando de aquí para allá.

Su padre se echó a reír.

—**¡Ja, ja, ja!** ¡No tengo ni idea!

—¿Adónde vas, si puede saberse?

—Tengo una reunión en el pub, no tardaré.

—¿Puedo ir contigo, papá?

—**¡NO!**

—**¡PORFAAA...!** —suplicó el chico.

—**¡No!** Son cosas de mayores. Además, los niños no pueden entrar en el pub.

—Pero yo quiero acompañarte.

—Lo siento, socio, no puedes. Venga, dame un **achumaco**.

Esa noche su padre lo **achumacó** con más fuerza de lo habitual. Siempre lo hacía cuando había algo que lo preocupaba. Frank no tenía un pelo de tonto. Sabía que le ocultaba algo. Pero no sabía el qué... todavía.

CAPÍTULO

6

OLOR A LIBROS VIEJOS

En realidad, la tía Flip no era la tía de Frank, sino de su padre. «Flip» era el diminutivo de Philippa, y presumía de pertenecer a la rama aristocrática de la familia, aunque esa rama nunca hubiese existido. La tía Flip desprendía un fuerte olor a libros viejos, seguramente porque era bibliotecaria, y llevaba unas gafas más gruesas que el cristal de un acuario de tiburones. Su idea de una noche divertida consistía en coger varios de los libros de poesía que había escrito (pero nunca había conseguido publicar) y leérselos a Frank en voz alta.

La tía Flip había escrito muchos libros de poesía:

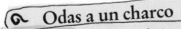

Odas a un charco

Poemas que se lleva el viento

Rimas sobre la crema de manos

Hojas, hojas y más hojas

¡GANCHILLO!

**CIENTO Y UNA ESTROFAS
SOBRE DEDALES**

LAVANDA: UN HOMENAJE EN VERSO

LOS PLACERES DE LA QUICHE

LOA AL SENDERISMO

CARAMELOS DE MENTA

ROMANCE DE LA MACETA

Zapatos cómodos y otros poemas sobre calzado

LA POESÍA DE LAS CAMPANAS DE IGLESIA

¡PLIC, PLOC, PLUC!
Rimas sobre la hora del baño

MIL POEMAS SOBRE FLORES
SILVESTRES Y MALAS HIERBAS

VERSOS A LA
MUJER MADURA

Más versos a la mujer madura

Todavía más versos a la mujer madura

**Ya basta de versos a la
mujer madura**

UN ÚLTIMO VOLUMEN DE VERSOS
DEDICADOS A LA MUJER MADURA

Frank detestaba la poesía. La tía Flip se empeñaba en leerle sus versos sobre las nubes, las grosellas, los días lluviosos, el trinar de los pájaros y los polvos de talco. Para el chico, escucharla era una **tortura**.

Esa noche Frank estaba enfadado por haberse quedado a solas con ella mientras su padre se iba a una reunión **altamente secreta** de la que no podía dar detalles, ni siquiera a su hijo. Obediente, se puso el pijama y se asomó a la sala de estar.

—¡Buenas noches, tía Flip! —dijo a toda prisa, y giró sobre los talones para marcharse enseguida.

—¡De eso nada, monada! —canturreó la mujer.

—¿Perdona?

—Esta noche, jovencito, voy a hacer una excepción y dejar que te quedes despierto hasta tarde.

—¡GENIAL! —exclamó el chico.

—¿A que sí? Así podré leerte algunos de mis poemas.

Aquello no tenía nada de genial.

—Sé lo mucho que te gustan —añadió la tía Flip.

—Sí, lo que pasa es que estoy muy cansado —mintió Frank, fingiendo bostezar y estirando los brazos como si se desperezara.

—¡Eso se te pasa en un periquete, pequeño, porque tengo una sorpresa para ti! ¿Te gustan las sorpresas?

—Depende. ¿Qué es?

—¡Si te lo dijera, no sería una sorpresa! —replicó la tía Flip.

El chico se lo pensó unos instantes.

—¿Tiene algo que ver con poesía?

—¡Pues sí! ¿Cómo lo has sabido?

—Ah, intuición, supongo... —contestó Frank con un suspiro.

La mujer abrió el bolso y sacó de su interior un cuaderno con tapas de piel. Lo sostenía como si fuera una reliquia sagrada. Lo abrió con mucho cuidado por la primera página.

—Voy a empezar el recital de esta noche con un poema que he escrito sobre ti, Frank.

Por algún motivo, la idea de oír un poema sobre sí

mismo le dio escalofríos. Era una sensación parecida a la que había experimentado cuando comió unas salchichas poco hechas en el comedor del cole y tuvo que irse corriendo al baño porque le entró cagalera.

La tía Flip empezó a hacer unos ruidos raros con la boca. Sonaba como un burro rebuznando.

—¡HIII-AAAH! ¡HIII-AAAH!

Luego empezó a canturrear en un tono de voz tan agudo que hería los tímpanos. Era como si alguien deslizara los dedos por el borde de una copa.

Frank se tapó las orejas con las manos.

—¿Esto es el poema? —preguntó a gritos.

La tía Flip lo miró como si hubiese perdido la chaveta.

—¡Claro que no! Solo estoy calentando la voz. El primer poema se titula simplemente «Frank».

Pequeño Frank de mi corazón,
sabes que te quiero un montón.
Eres el hijo encantador y divino
de mi único sobrino.
Eres un chico maravilloso
y a todos nos llenas de gozo.
Como una mariposa de vivo color,
o un colibrí volando de flor en flor,
o un delfín saltando en el mar
o una abeja zumbando sin parar,
traes una alegría campechana,
como el olor a tarta de manzana,
como un plato de arroz con leche,
tan distinto del escabeche.
¿Y qué pinta aquí el escabeche?
Pues que rima con la leche.
¡Oh, Frank, nunca dejes de ser un niño!
Te lo digo con todo el cariño.
Y así concluye este poema feliz.
Una cosa más: no te hurgues la nariz.

La tía Flip estaba a punto de llorar, *conmovida* por su propio poema.

—¿Y bien...? —dijo, sorbiéndose la nariz y mirando a Frank en busca de aprobación.

—¿Y bien... qué? —preguntó el chico.

—¿Qué te ha parecido tu poema especial?

—Mmm... Me ha parecido muy...

—¿Sí...?

Frank era lo bastante mayor para saber que a veces hay que decir alguna mentirijilla para no herir los sentimientos de los demás.

—¡Poético! Me ha parecido un poema muy poético.

La mujer se puso como unas castañuelas.

—¡Ay, muchísimas gracias! Es un gran halago. Todo poeta aspira a que sus poemas sean poéticos. Bien, ya llevamos uno. Solo quedan noventa y nueve.

—¡Tengo que irme a la cama!

—¿Estás seguro?

—Completamente seguro. ¡Tengo que irme a la cama ahora mismo!

—¿Y si te leo mi «*Oda al color malva*»?

—Me encantaría escucharla, pero...

—¿O tal vez el «*Canto al queso de mis pies*»...?

—De verdad que no puedo...

—¡Te va a encantar la **«*Oda a un charco*»***!* «*Ploc, ploc, ploc, cae la lluvia...*»

—¡Que no! Quiero decir... no.

La tía Flip parecía dolida.

—¿Qué significa «no»?

—Significa gracias, pero no. Ese poema tan bonito que has escrito sobre mí me ha dejado con los sentimientos a flor de piel.

La tía Flip asintió en silencio.

—¡Por supuesto! Por supuesto. A veces olvido lo poderosos que pueden llegar a ser mis versos. Buenas noches, Frank.

La mujer abrió los brazos para despedirse de su sobrino con un buen achuchón. El chico se fue hacia ella a regañadientes. La tía Flip siempre lo estrujaba demasiado.

—¡GLUPS! —farfulló Frank, tragando en seco mientras se quedaba sin pizca de aire en los pulmones.

—Lo siento —se disculpó la mujer—. No se me dan demasiado bien los abrazos.

La tía Flip nunca había estado casada, y al menos que Frank supiera tampoco había tenido ningún novio. Seguramente no había abrazado a muchas personas en su vida.

—Buenas noches —dijo el chico—. Me voy a dormir.

Esto era otra mentira.

Una gran mentira.

CAPÍTULO

7

MUERTE POR COMBUSTIÓN ESPONTÁNEA

Si algo sabía Frank era cómo escaparse. Años atrás, se iba de casa todos los sábados por la noche, delante de las narices de su madre, para ir a ver a su padre en las carreras.

Entonces todo era fácil. Frank ahuecaba las almohadas en la cama, debajo del nórdico. Así, si su madre se molestaba en apartarse un momento del teléfono y asomaba la cabeza por la puerta, creería que el chico estaba acostado, durmiendo a pierna suelta. Ahora, sin embargo, no tenía almohadas ni

nórdico. Por no haber, no había ni cama. Desde que los **hombres malcarados** habían desvalijado el piso, Frank dormía en una vieja colchoneta de playa que se desinflaba durante la noche como si soltara una larga y lenta ventosidad.

El chico tenía que sacarse un nuevo plan de la manga, y deprisita. Si la tía Flip lo obligaba a escuchar un solo poema más, estaba convencido de que moriría por **combustión** espontánea.

Fabricó un maniquí a escala real rellenando un viejo pijama suyo con hojas de diario **arrugadas**. Luego colocó el maniquí **sobre** la colchoneta.

Solo le quedaba esperar el momento adecuado para salir disimuladamente del piso. Desde su dormitorio oía la voz de la tía Flip, que —oh, sorpresa— estaba escribiendo un nuevo poema en la sala de estar. Lo leyó en voz alta:

> *Oh, árbol digno y altivo*
> *Nos une un gran parecido.*
> *Aunque hojas no poseo,*
> *ni ramas, ahora que lo veo.*
> *Tampoco soy de madera,*
> *pero si olvidar eso pudiera,*
> *sería un árbol, con certeza.*
> *Ah, tampoco tengo corteza.*

—Vaya por Dios, será mejor que vuelva a empezar.

> *Oh, árbol digno y altivo...*

La sala de estar quedaba al final del pasillo, así que era muy posible que la tía Flip viera a Frank si echaba una carrera hasta la puerta. Pasados unos minutos, la oyó arrastrando los pies por el pasillo. ¡Era su gran oportunidad! Abrió un poquitín la puerta de su habitación y pegó el ojo a la rendija. La tía Flip cerró la puerta del baño a su espalda.

¡CL^{IC}!

—¡Oh, no! —la oyó exclamar—. ¡Los cobradores de morosos también se han llevado el asiento del váter! Tendré que hacerlo sin sentarme.

Frank no sabía si la tía Flip se disponía a hacer aguas mayores o menores. ¿Cómo iba a saberlo? Eso era un asunto privado entre la tía Flip y su trasero.

Si eran aguas mayores, la cosa podía alargarse bastante (hay gente que tarda horas, o incluso días*), mientras que si eran aguas menores podía durar escasos segundos. Así que Frank enfiló el pasillo a la carrera, resbalando sobre los tablones del suelo (los **hombres malcarados** se habían llevado hasta la alfombra) en dirección a la puerta. Había pensado esperar allí hasta oír el sonido de la cisterna, que ahogaría el ruido de la puerta al cerrarse.

---

* Las aguas mayores más largas de las que se tiene constancia las hizo el cantante de ópera Antonio Lasagnotti, que pesaba trescientos kilos y tardó cuatro días enteros en sacar el churro, que era tan largo como un campo de fútbol.

¡HORROR!

La puerta del baño se abrió de repente.

¡CLONC!

—¡No me lo puedo creer! ¡No hay papel higiénico! —farfulló la tía Flip para sus adentros.

Frank estaba agazapado en el pasillo, pero **se escabulló** a su habitación justo a tiempo. Con las bragas colgando alrededor de los tobillos, la tía Flip se fue correteando de lado, como un cangrejo, hasta la sala de estar.

—Veamos, ¿qué poema puedo sacrificar? —se preguntó—. Todos son obras maestras. A ver, a ver... **¡oh, sí, la «oda a un huevo escalfado»!**

Entonces Frank la oyó rasgar una página. ¡RAS!

Luego la tía Flip correteó de vuelta al baño y cerró la puerta.

¡CLIC!

Frank **gateó** de nuevo hasta la puerta de la calle y esperó a oír el ruido de la cisterna del váter.

¡CLONC!

La tía Flip tiró de la cadena. Pero no pasó nada.

¡CLONC!

Otra vez. En vano.

¡CLONC, CLONC, CLONC!

—¡Vaya por Dios! ¡La cadena se ha roto! —exclamó.

Entonces el chico oyó unos jadeos al otro lado de la puerta del baño.

—Tendré que atar mis braguitas a la palanca de la cisterna.

¡CHOF!

¡Lo había conseguido!

Frank abrió la puerta de la calle y la cerró tras de sí lo más sigilosamente que pudo.

¡CLIC!

El ascensor siempre estaba estropeado, lo que era una lata, sobre todo si vivías en la planta noventa y nueve del bloque de apartamentos. Por suerte, Frank había inventado un sistema muy ingenioso para bajar aquellas interminables escaleras. Había encontrado un viejo cesto de la ropa sucia y lo había pintado con rotuladores imitando los colores de **Reina**: rojo, blanco y azul. Lo único que tenía que hacer era meterse dentro del cesto en lo alto de las escaleras y dejar que la gravedad hiciera el resto.

¡FIUUU!

LA PÁRROCA VOLADORA

En un abrir y cerrar de ojos, Frank se deslizaba escaleras abajo a toda velocidad, sintiéndose como un verdadero piloto de carreras.

¡CLONC!

¡CLONC!

¡CLONC!

El cesto de la ropa sucia pegaba una sacudida cada vez que golpeaba un escalón. Frank tenía que sujetarse con fuerza para no salir disparado.

¡FIUUU!

Tal como pasaba en las carreras de coches de desguace, había *muchos obstáculos* por el camino. Era difícil controlar el cesto, pero Frank hacía lo que podía inclinándose a izquierda y a derecha. Ese día esquivó por los pelos:

Una lavadora estropeada...

Un carrito de la compra volcado...

Una bandada de palomas...

Una tele que alguien había roto de una patada...

Un repartidor que llevaba una pila de pizzas...

Una caja de botellas **vacías**...

Y una ancianita a la que tres perritos *arrastraban* escaleras arriba.

Pero hubo alguien que no tuvo tanta suerte. Era la párroca del pueblo, la madre Judith. Por desgracia para ella, Frank tomó una curva *demasiado deprisa* y se dio de bruces con la mujer.

¡CATAPLÚN!

—¡AAAY!—gritó la mujer, y salió despedida. ¡Lo nunca visto, una párroca voladora!

La mujer dio una voltereta (la primera de su vida) y aterrizó sobre sus propias nalgas.

¡PUMBA!

Por suerte para Frank, la madre Judith era tan buena persona que fue ella la que se disculpó.

—¡Perdón por no haberme apartado! —exclamó.

—¡Lo siento muchísimo, madre Judith! —gritó el chico a pleno pulmón mientras bajaba a toda velocidad.

—¡Espero verte en la iglesia este domingo! —añadió la mujer, esperanzada, frotándose el trasero dolorido. La párroca

iba a menudo al bloque de apartamentos para invitar a los vecinos a visitar la iglesia del pueblo, que siempre estaba desierta, pero nadie le hacía caso. A Frank le daba lástima, aunque no lo bastante para levantarse de la cama un domingo por la mañana para ir a misa.

¡FIUUU!

El cesto de la ropa sucia bajó a trompicones los últimos tramos de escalera y resbaló en el suelo de hormigón.

¡zas!

Finalmente, se detuvo. El chico escondió el cesto detrás de unos contenedores y salió corriendo hacia el pub del pueblo, que se llamaba **El Hacha y el Verdugo.**

Cuando se acercó a la ventana mugrienta del local, vio que estaba abarrotado de gente. Aquello era una ventana a un mundo que estaba reservado a los adultos. Los hombres discutían, las mujeres se peleaban y todo el mundo bebía. El pub era tan ruidoso que no parecía el lugar más adecuado para celebrar una reunión ALTAMENTE SECRETA. Por más que lo intentara, el chico no veía a su padre.

Justo cuando estaba a punto de tirar la toalla y volver a casa, creyó oír unas voces que venían del aparcamiento. Se dio la vuelta y vio a varios hombres sentados en un Rolls-Royce blanco, charlando tranquilamente. El Rolls era un coche **sobresaliente**, en más de un sentido: literalmente, porque rara vez se veían vehículos de lujo en el pueblo, y porque era tan laaargo que sobresalía de la plaza de aparcamiento.

Frank no podía ver la cara de los hombres porque el coche estaba lleno de humo de tabaco. Frank bordeó los demás coches aparcados para acercarse un poco más. Reconoció la silueta de su padre, que estaba sentado al volante. Pero ¿quiénes eran los demás? ¿Y qué estaba haciendo en *semejante cochazo*?

Frank trepó al techo de la furgoneta del fontanero, que estaba aparcada junto al Rolls-Royce, para intentar oír lo que decían, pero solo le llegaban palabras sueltas. Daba la impresión de que los hombres hablaban en voz baja para evitar ser escuchados.

Frank no estaba dispuesto a rendirse. Con toda la delicadeza del mundo, bajó de la furgoneta al Rolls-

Royce y se tumbó sobre el coche para oír lo que decían aquellos hombres.

Gran error.

CAPÍTULO 9

UN SOLO TRABAJO

—¿Y si nos pillan?

Era el padre de Frank quien hablaba.

«¿Si los pillan haciendo qué...?», se preguntaba Frank, tumbado en el techo del Rolls-Royce, aguzando el oído.

—Si corres lo bastante, no nos pillarán —replicó otro de los hombres—. Lo tengo todo estudiado. He conseguido los planos del edificio. No tardaréis más de dos minutos en entrar y salir.

—No acabo de verlo claro. Esto es mucho más gordo de lo que me habíais dicho. ¿Qué tal si te devuelvo el dinero que me prestaste? ¿Por favor...? —dijo Gilbert.

—Eso ya me lo has dicho un millón de veces.

—Encontraré trabajo.

—No hay trabajo en esta ciudad, y menos para alguien que solo sabe andar a la pata coja.

Los dos hombres que iban sentados detrás soltaron una risita burlona.

—¡Ja, ja, ja!

—Quieres a tu hijo, ¿verdad? —preguntó el hombre.

Frank tragó saliva. Se refería a él.

—Sí, por supuesto que sí. Es lo que más quiero en este mundo. ¿Qué tiene que ver él con todo esto?

—No me gustaría que le pasara nada malo.

—¡Ni se te ocurra meter a mi hijo en esto!

—Entonces haz lo que te digo.

—¡Como le toques un solo pelo, te...!

—¿Qué me harás? —replicó el hombre que estaba sentado delante, al lado del padre de Frank—. ¿Te quitarás esa pata de palo y me darás una patada con ella?

Los dos hombres de atrás se echaron a reír de nuevo.

—¡Ja, ja, ja!

—Vale, vale —dijo Gilbert—. Haré lo que quieras. Pero solo esta vez. Un solo trabajo, y luego lo dejo.

—No ha sido tan difícil, ¿a que no? —dijo, todo meloso, el hombre que iba delante—. Bien, Gilbert, quiero que me demuestres que aún sabes pilotar un coche como en los viejos tiempos.

—Claro que puedo pilotar un coche. Con o sin pierna.

—Demuéstramelo.

—¿Estás preparado?

—Sí.

—Agarraos fuerte —advirtió el padre de Frank.

El enorme motor del Rolls-Royce empezó a *acelerar.*

¡BRUM BRUUMM BRUUMMM!

Las ruedas traseras giraron con furia, levantando una buena humareda. Frank no pudo evitar **atragantarse** al aspirar el olor a caucho quemado. Se puso en pie para saltar otra vez a la furgoneta de al lado, pero su padre fue más rápido que él. ¡El Rolls-Royce arrancó a toda velocidad mientras Frank hacía equilibrios en el techo!

CAPÍTULO

10

SIN PODER NI RESPIRAR

Frank se **tumbó** boca abajo en el techo del coche y se agarró a la carrocería con uñas y dientes. El Rolls-Royce había salido a toda pastilla del aparcamiento del pub y, en menos que canta un gallo, avanzaba calle abajo a ciento sesenta kilómetros por hora. El chico tenía los ojos llorosos y los pelos *de punta*. Aquello era como montarse en la atracción de feria más **peligrosa** de todos los tiempos.

Por supuesto, Gilbert no tenía ni la más remota idea de que su hijo iba montado en el techo del Rolls. De haberlo sabido, ni loco habría:

pasado zumbando ante un semáforo en rojo...

¡FIUUU!

pegado un volantazo para adelantar a un autobús...

ni arrollado una cerca...

¡CATACRAC!

antes de cruzar el parque a toda mecha.

¡BRUMM!

El Rolls-Royce avanzaba a trancas y barrancas por el césped.

¡BOING, BOING, BOING!

El chico rebotaba arriba y abajo, *golpeándose* contra el techo del coche.

¡PUMBA, PUMBA, PUMBA!

—¡AY, UY, AY!

En el instante que se atrevió a abrir los ojos de nuevo, vio que iban derechos hacia otra cerca, en el extremo opuesto del parque.

¡CATAPLÁN!

Los tablones de madera salieron volando en todas las direcciones. Un gran trozo pasó zumbando a escasos centímetros de la cabeza del chico.

Todo estaba pasando tan deprisa que no podía ni respirar.

El Rolls iba derecho hacia un callejón que parecía mucho más estrecho que el propio coche. Si su padre no pisaba el freno, los empotraría a todos contra un muro de **ladrillo.**

—¡PARA! —ordenó el hombre que iba sentado a su lado.

—¡ARGH! —gritaron los dos pasajeros de atrás.

Sin embargo, lejos de parar, el padre de Frank *pisó el acelerador a fondo.*

—¡NOOO! —gritaron varias voces desde dentro.

Frank no pudo más. Cerró los ojos.

CAPÍTULO

II

¡MEJOR DOS RUEDAS QUE CUATRO!

A un lado del callejón había unos tablones de made-ra apilados. El Rolls viró bruscamente, los neumáti-cos del lado izquierdo se montaron sobre la pila de tablones ¡y el coche siguió avanzando de lado, sobre dos ruedas!

Frank abrió los ojos, se dio cuenta de que estaba resbalando por el techo **inclinado** y *se agarró* con todas sus fuerzas.

Todavía avanzando sobre dos ruedas, el coche salió del **estrecho** callejón.

¡FIUUU!

—¡ME ESTÁS APLASTANDO! —gritó alguien dentro del coche.

En el instante que emergió por la otra punta del callejón, el padre de Frank dio un volantazo y el coche volvió a caer bruscamente sobre los cuatro neumáticos.

¡CLONC!

Justo cuando Frank suspira-
ba de alivio, oyó una sirena.

¡N*III*NOOO!
¡N*III*NOOO!

Unos destellos azules iluminaban
los edificios a su alrededor. El chico miró hacia atrás. Los perseguía un coche **patrulla**.

Gilbert pisó *a fondo* el acelerador, y el Rolls se
metió por una avenida en contra dirección. Frank no
podía creérselo. ¡El coche zigzagueaba para esquivar
los coches que venían de frente! Camiones y vehículos de todo tipo viraban bruscamente mientras
su padre los

sorteaba por los pelos.

Aquello era *emocionante* y **aterrador** a la vez.

Allá delante, un muro de destellos azules avanzaba rápidamente en su dirección. Al principio, Frank no alcanzaba a ver qué era. Entornó los ojos. ¡Era la

POLICÍA! Un escuadrón de coches patrulla avanzaba hacia ellos a toda **veloci-**

dad, como un solo bloque, cortándoles el paso en toda la calle.

No podían rodearlos.

No podían pasar por debajo de ellos.

No podían pasar entre ellos.

Estaban atrapados.

El padre de Frank era un campeón de las carreras, pero ni siquiera él podría salir airoso de semejante aprieto.

El chico soltó un suspiro de alivio. Aquella tortura había llegado a su fin. Contra todo pronóstico, parecía que iba a poder cumplir doce años.

Sin embargo, en lugar de aminorar la marcha, su padre aceleró. Entre el Rolls-Royce y el **muro** de coches patrulla había un gran camión, uno de esos que transportan coches, aunque en ese momento iba de vacío. Su conductor debió de sentir pánico cuando vio un Rolls **yendo derecho hacia él**, porque el vehículo giró bruscamente en medio de la calzada...

¡NIIIIIÍ!

... y frenó en seco.

Gilbert no desaprovechó la ocasión y se fue derecho hacia la parte trasera del camión. La rampa para cargar los coches estaba bajada, y el Rolls la enfiló a toda velocidad.

¡BRRRUM!

Entonces siguió adelante sin levantar el pie del acelerador, y cuando llegó al final de la rampa llevaba tanto impulso que salió volando.

¡FIUUU!

El corazón de Frank latía desbocado.

¡BUM, BUM, BUM!

Como si estuviera a punto de estallarle en el pecho. El tiempo pareció detenerse y pasar muy deprisa a la vez. Frank estaba **volando**. Solo quería que aquello se acabara cuanto antes. Solo quería que nunca se acabara.

El Rolls-Royce pasó como una exhalación por encima de los coches patrulla, y al bajar golpeó el techo de uno de estos con la rueda trasera.

¡PUMBA!

Luego aterrizó en la calzada, más allá del muro de coches patrulla, con un sonoro ¡CATAPLÁN! Frank pensó que iba a salir despedido mientras el coche rebotaba calle abajo como si fuera una pelota.

¡PUMBA!

¡PUMBA!

¡PUMBA!

Era un milagro que no se hubiera caído del Rolls-Royce. En un visto y no visto, el coche enderezó el rumbo y desapareció calle abajo a toda velocidad.

Frank volvió la cabeza hacia atrás para ver el caos que Gilbert había sembrado a su paso.

Los policías intentaron dar media vuelta para ir tras ellos, pero como habían avanzado en estrecha formación se estorbaban unos a otros y empezaron a chocar entre sí.

¡PATAPLUM! ¡CATAPLÁN! ¡CRAC!

Aunque había estado unas cien veces al borde de la muerte, el chico no pudo evitar sonreír. El genio de su padre había vuelto a salirse con la suya.

CAPÍTULO

12

HASTA LA PRIMERA PAPILLA

Con Frank milagrosamente agarrado al techo, el Rolls-Royce volvió pitando al aparcamiento del pub. Su padre debía de estar flotando en una nube después de aquella osada maniobra para esquivar el cordón policial. Sin apenas frenar, el hombre aparcó el coche dando marcha atrás y lo dejó en la misma plaza de la que había salido, casi rozando los vehículos que estaban aparcados a uno y otro lado.

¡**ÑÍÍÍÍÍ!**

El Rolls-Royce frenó de un modo tan brusco que Frank no pudo seguir agarrándose. Con el impulso, se vio catapultado al instante.

¡*FIUUU!*

El chico surcó el aire como si hubiese **salido disparado** por la boca de un cañón y aterrizó sobre unos arbustos.

—¡CACHIS!
¡PATAPLUM!

Por suerte, los arbustos amortiguaron la caída y evitaron que se rompiera algún hueso. Un poco aturdido, el chico se levantó y corrió a esconderse. No quería que su padre descubriera que se había fugado de casa en plena noche, nada menos que en pijama, para espiarlo. Si se enteraba, le caería una buena bronca.

—¿QUÉ HA SIDO ESO? —preguntó el hombre que iba en el asiento del copiloto.

—¿El qué? —replicó uno de los que iban detrás.

—¡ALGUIEN IBA EN EL TECHO DE MI COCHE! ¡COGEDLO! —ordenó el primer hombre a grito pelado.

Los dos hombres del asiento trasero se apearon del coche a trompicones. Uno de ellos era alto y flaco, el otro era **rechoncho** y **grandote**.

Escondido detrás de un cubo de basura, Frank observaba la escena. Al parecer, el paseo no les había sentado demasiado bien, porque se tambaleaban, tenían la cara **verde** y se quedaron allí plantados con las manos apoyadas en las rodillas, tratando de recuperar el aliento.

—¡HE DICHO QUE LO COJÁIS! ¿A qué estás esperando, Manilargo?

—No puedo, jefe. Creo que voy a echar hasta la primera papilla —replicó el más alto y delgaducho.

—¡PUES VE TÚ, PULGARZÓN!

El más rollizo tenía los ojos llorosos.

—Me he hecho pis encima, jefe —murmuró—. No puedo correr con los calzoncillos mojados.

—¿POR QUÉ NO?

—Mi mamá dice que si hago eso me saldrá un sarpullido...

—¡MENUDO PAR DE ZOQUETES! —chilló el hombre—. ¡GILBERT! ¡A POR ELLOS!

El padre de Frank se apeó del coche. Desde que había perdido la pierna cojeaba al andar, siempre arrastrando la prótesis de madera.

—Lo siento, señor Grande. Se me ha hecho tarde. La canguro me está esperando en casa. Tengo que irme.

Los ojos del hombrecillo se convirtieron en dos finísimas rendijas y las palabras salieron de su boca como una ráfaga de disparos: ¡RA-TA-TA!

—¿No me habéis oído? Alguien estaba en el techo de mi Rolls. Salid ahí fuera y traédmelo.

¡AHORA MISMO!

El señor Grande no hacía honor a su nombre, pero cuando se enfadaba era como vértelas cara a cara con un cocodrilo. Manilargo, Pulgarzón y el padre de Frank obedecieron al instante. Pulgarzón andaba como un pato, como andaría cualquiera que se hubiera hecho pis encima. El flacucho de Manilargo empujaba al padre de Frank, obligándolo a avanzar y enfrentarse al peligro, fuera cual fuese, que acechaba entre las sombras. Escondido detrás del cubo de basura, Frank no tenía escapatoria posible. Se inclinó hacia atrás hasta quedar completamente sumido en la oscuridad, rezando para que no lo vieran. Los tres hombres se acercaban cada vez más. Manilargo buscó entre la maleza, apartando las ramas de los arbustos con sus largos y afilados dedos. Mientras, Pulgarzón se agachaba entre **jadeos** y **resoplidos** para mirar debajo de los coches aparcados.

—¡Aquí no hay nada, jefe! —dijo, levantando la voz.

—¡Aquí tampoco, jefe! —añadió Manilargo.

El padre de Frank estaba tan cerca del chico que este lo oía respirar. El hombre miró detrás del contenedor. Allí estaba su propio hijo, en cuclillas. Parecía arrepentido, asustado y **aturdido** por el paseo.

—¿HAY ALGUIEN AHÍ? —preguntó el señor Grande a grito pelado.

—¡No, nadie! —replicó Gilbert, mirando a su hijo a los ojos—. Nadie en absoluto.

El hombre negó levemente con la cabeza. El chico lo interpretó como una señal para que se quedara quieto y callado. Si movía un solo músculo, los metería a ambos en un

LÍO DE NARICES.

—Habrá sido un pájaro, señor Grande —dijo Gilbert.

—Pues menudo pajarraco —farfulló el hombrecillo—. Tenemos que darnos el piro antes de que la pasma empiece a husmear. Manilargo, lleva el Rolls a pintar y cambia la matrícula por si la han identificado.

—Sí, jefe.

—Pulgarzón, ahora conduces tú.

—Gracias, jefe —repuso este.

—Quiero llegar entero a mi casa. Venga, subid todos al coche de una vez.

Gilbert volvió al vehículo sin despegar los ojos del suelo, sin duda temiendo delatar la presencia de su hijo.

—¿Y a ti qué te pasa? —preguntó el señor Grande entre dientes. El jefe de la banda criminal era más laaargo que un día sin pan.

—Nada.

—Puedo fiarme de ti, ¿verdad?

—Claro, señor. Por supuesto.

—Bien. No querría que le pasara nada malo a ese chico tuyo. Venga, para adentro.

Desde su escondrijo, Frank oyó cómo se cerraban las portezuelas del Rolls-Royce.

¡C*L^ONC!* ¡C*L^ONC!*

El coche arrancó a toda velocidad y se perdió en la noche.

El chico estaba muy preocupado.

Su padre andaba con muy malas compañías.

¡PLAF, PLAF, PLAF!

Frank volvió corriendo a su casa. Se agachó delante de la puerta y miró por el hueco del buzón. Estaba oscuro, pero oía a la tía Flip roncando sonoramente.

—¡Jjjjjjrrrrrr!... Pfff... ¡Jjjjjjrrrrrrr!... Pfff...

El chico abrió la puerta sin dudarlo y echó a correr por el pasillo hasta su dormitorio. Con las prisas, se tiró con demasiada fuerza sobre el colchón inflable y lo reventó.

¡PAM!

¡QUÉ DESASTRE!

El estruendo despertó a la tía Flip, que abrió la puerta bruscamente e irrumpió en la habitación.

—¿VA TODO BIEN? —berreó—. ¡HE OÍDO UNA *EXPLOSIÓN*!

Frank se hizo el dormido.

—ZZzz... zzzz...

Ni corta ni perezosa, la tía Flip volvió a gritar, esta vez muy cerca de su oreja:

—¡¿FRANKIE?!

Pero el chico no abrió los ojos.

Entonces la mujer empezó a darle palmaditas en las mejillas, poniéndoselo muy difícil para seguir fingiendo que dormía.

¡CHAS, *CHAS,* *CHAS!*

Al poco, las palmadas se convirtieron en sonoras bofetadas.

¡PLAF, *PLAF,* *PLAF!*

Justo entonces, el padre de Frank entró en casa y dijo en voz alta:

—¡Siento volver tan tarde, tía Flip!

—No pasa nada —contestó la mujer—. Frank lleva toda la noche durmiendo como un bebé.

—¿De veras?

En la voz de Gilbert había un punto de sorpresa.

—Desde luego. No me ha dado ninguna guerra.

—Gracias. El sábado necesito que vengas a quedarte con él otra vez, si no es molestia.

—Será un placer, Gilbert. Nos vemos el sábado.

—Gracias, tía Flip. Buenas noches.

Frank oyó cómo se cerraba la puerta de la calle, pero siguió fingiendo que dormía. No había podido engañar a su padre, que acababa de verlo escondido detrás de un cubo de basura. Había llegado el momento de poner las **cartas** sobre la mesa.

CAPÍTULO 14

LA PROMESA

—¿Qué demonios estabas haciendo? —preguntó Gilbert, arrodillándose junto a la cama de su hijo.

—¿Y tú, qué demonios estabas haciendo? —replicó Frank.

Al hombre no le hizo ni pizca de gracia que su hijo contestara a su pregunta con esa misma pregunta, y se mantuvo en sus trece.

—Yo he preguntado antes —dijo.

El chico tragó saliva. Siempre tragaba saliva cuando estaba a punto de decir una mentira.

—No podía dormir, así que he salido a que me diera el aire.

Su padre negó con la cabeza.

—Eso no te lo crees ni tú, socio.

Lo había **pillado**. Más le valía contar la verdad.

—Vale, papá, te he seguido. Pero solo porque estaba preocupado por ti.

—¿Que tú estabas preocupado por mí? ¡Yo sí que estaba preocupado por ti! ¿Cómo se te ocurre subirte al techo de un coche que va a toda mecha? ¿Te has vuelto loco?

—No iba a toda mecha cuando me subí al techo —razonó el chico.

Al oírlo, su padre se enfadó todavía más.

—¡Podías haberte matado!

Frank tardó unos instantes en asimilarlo. Finalmente, soltó un suspiro y dijo:

—Lo sé, papá. Fue una estupidez. Pero por lo que he oído, tú también estás a punto de cometer una gran estupidez.

El hombre guardó silencio. No podía saber qué parte de la conversación había escuchado su hijo.

—No es lo que crees.

—Yo creo que es algo malo.

—Solo tengo que conducir.

—No me creo que sea solo eso. Esos hombres son **malas personas.** Por favor, papá, no lo hagas.

El hombre tenía lágrimas en los ojos.

—Lo estoy intentando, ¿vale, socio? Me estoy esforzando. Tratando de hacer lo mejor para ti.

El chico negó con la cabeza.

—¡Papá! Sea lo que sea, no quiero que lo hagas.

—Pero solo será un trabajo. Una vez y listos. Luego podré pagar mis deudas y aún me quedará algo de dinero para nosotros.

—Pero, papá...

—Por favor, socio, sé lo que hago. Ya me has visto conducir.

—La verdad es que apenas he abierto los ojos.

—Pues que sepas que todavía puedo conducir como en los viejos tiempos.

—Lo sé. Pero sea lo que sea que esos hombres esperan de ti, no lo hagas, te lo pido por favor. No quiero que acabes entre rejas, o muerto. Bastante mal lo hemos pasado ya con el accidente. Tengo miedo, papá. *Mucho miedo.*

Frank echó los brazos alrededor del cuello de su padre y apretó la cabeza contra su pecho. No pudo evitar romper a llorar. Los sollozos pasaron de hijo a padre, y las lágrimas rodaron por el rostro del hombre. Estaba en un aprieto terrible. El señor Grande y su banda habían amenazado a la persona que más quería en este mundo, su hijo. Si no se plegaba a sus deseos, a saber qué le harían a Frank.

—Venga, socio, no llores —dijo Gilbert mientras acariciaba el pelo de Frank con ternura, como hacía desde que era un bebé.

—Siempre has sido mi héroe, papá. Por favor, por favor, te lo suplico, no lo hagas.

El chico levantó la cara y miró a su padre a los ojos.

El hombre no soportaba ver a su hijo en semejante estado.

—Muy bien, si tan importante es para ti, no lo haré.

—¿En serio? —preguntó Frank.

—En serio —contestó su padre.

Una sonrisa iluminó el rostro del chico.

—¿Me lo prometes?

—Te lo prometo —dijo Gilbert—. Ya buscaré otro modo de pagar la deuda.

—Siempre puedes vender mi colchón, papá —sugirió el chico—. No me importa dormir en el suelo.

Por algún motivo, sus palabras hicieron que el hombre se sintiera peor todavía.

—Eres un chico maravilloso —dijo Gilbert con los ojos relucientes de lágrimas—. Venga, dame un achumaco y a dormir.

Padre e hijo se fundieron en un abrazo.

—Vale, papá. Lo haré —dijo Frank.

—Buen chico.

Entonces Gilbert se levantó y se volvió hacia la puerta. Cuando ya se iba, Frank lo llamó.

—¿Papá?

—¿Sí?

—Pase lo que pase, siempre serás mi héroe.

El hombre no dijo nada, cerró la puerta de la habitación y se fue.

CAPÍTULO

15

PIMPÓN Y SALMOS RELIGIOSOS

¡RIIING!, sonó el timbre.

Era por la mañana temprano, y Frank avanzó a trompicones por el pasillo, todavía medio dormido. A través del cristal esmerilado de la puerta el chico distinguió la **franja blanca** de un alzacuellos y otra franja blanca, más grande aún, de dientes. Era la madre Judith. Si algo se podía decir de ella era que tenía una buena **dentadura.**

El secreto para llevarse bien con la madre Judith era no permitir que entrara en tu casa, por muy encantadora que fuera. Si la dejabas pasar del umbral, no te la quitabas de encima nunca más. Casi todos los días pasaba por el boque de apartamentos armada con carteles de mercadillos benéficos, meriendas solidarias y clases de catequesis para que la gente los colgara en las ventanas de su casa. A veces *agitaba* una latita en la que recaudaba limosnas para reconstruir el tejado de la iglesia, que se caía a pedazos. Todos los días la buena mujer metía algún folleto en los buzones de correo, y no se cansaba de inventar formas cada vez **más** *estrafalarias* de animar a la gente a visitar la iglesia.

Noche de pimp🏓n y salmos religiosos

Ven a jugar al pimpón mientras lees tus salmos preferidos. Entrada gratuita.
¡Todos los viernes!

¡DIVINO ROCK'N
— ROLL! —

¡Ven a mover el esqueleto al ritmo de los últimos éxitos del rock mientras adoras al Señor! Martes, de 11.00 a 12.00 horas en la iglesia.

VIGILIA RAPERA

¡Los lunes a las 19.00 h empieza la sesión de micro abierto en la iglesia! Cualquier aficionado al rap puede subirse al púlpito y rapear sobre lo que le apetezca, mientras tenga algo que ver con Dios Nuestro Señor.

Cata de vinos de misa

Los miércoles a las 19.00 horas.

Belén
viviente
sobre ruedas

Ponte los patines y el disfraz de pastorcillo y ven a celebrar el nacimiento del niño Jesús mientras te deslizas por la iglesia. ¡Reserva ya tu plaza para la Nochebuena o para el día de Navidad!

Jueves por la noche, campeonato de hip-hop

Tengas la edad que tengas, ven y demuestra a Nuestro Señor y padre de toda la humanidad lo que sabes hacer con tus colegas en la pista. ¡Estilo libre!

Concurso loco de golf y cánticos

Mete la pelota en el hoyo mientras cantas. Jueves por la mañana. El vencedor se llevará un cantoral completamente gratis.

¡GRAFITEA, QUE ALGO QUEDA!

¡Los sábados por la tarde, ven y pinta los muros de la iglesia!*

*A condición de que solo lo hagas con espray blanco, porque el edificio necesita una manita de pintura.

EL CEPO DE TORTURA

El sábado por la tarde me veréis atrapada en un cepo medieval en la plaza del pueblo y podréis venir a tirarme toda clase de mejunjes, siempre que me juréis por la salud de vuestra abuelita que vendréis a misa el domingo.

Música electrónica y queso

Ven a escuchar tus hits preferidos de música tecno mientras comes queso y descubres la senda del bien. El martes a las 15.00 horas.

—Qué alegría volver a verte, joven Frank —dijo la madre Judith con una gran **sonrisa llena de dientes** cuando Frank salió a abrir la puerta.

—¡Siento haberla arrollado! —se disculpó el chico.

—Soy yo la que debería pedir perdón, porque estaba en medio.

—Lo siento.

—Lo siento.

—Lo siento.

—Lo siento. ¿Puedo pasar? —preguntó la madre Judith, mirando a Frank como un perrillo suplicando un hueso.

—¿Pasar? —repitió el chico.

—Sí, pasar.

—¿Pasar... *dentro*, se refiere?

—Sí, me refiero a *pasar dentro*.

—¿Dentro... *del piso*?

—Eso es.

—¿Ahora mismo?

—Si no es mucha molestia.

—¿Quién ha llamado al timbre? —preguntó el padre de Frank desde su habitación.

—¡La madre Judith! —contestó Frank a gritos.

—¡Oh, no! —replicó Gilbert—. ¡Hagas lo que hagas, no dejes entrar a esa pesada!

La madre Judith se vino abajo. Ahora parecía un perrillo abandonado al pie de la carretera.

Frank le dedicó una sonrisa de ánimo.

—Papá, está en la puerta.

—Bueno, ¡hagas lo que hagas, no la abras!

—Ya lo he hecho.

Entonces hubo un silencio incómodo.

—¿Ha oído todo lo que acabo de decir?

Frank miró a la madre Judith como buscando su consentimiento. La mujer asintió sin despegar los labios.

—Sí —contestó el chico.

16

MUCHA BOLSA Y POCO TÉ

El padre de Frank recorrió el pasillo *a la pata coja*, en calzoncillos y camiseta interior, poniéndose la prótesis sobre la marcha.

—¡Madre Judith! —exclamó con una sonrisa—. Qué sorpresa tan grata. ¡Cuánto me alegro de verla! Pero ¿qué hace ahí plantada en la puerta? ¡Pase, pase!

—Gracias, gracias. Me gusta pasar por aquí de vez en cuando y saludar a mis feligreses —dijo la madre Judith mientras los seguía hacia la cocina.

—¿Una taza de té? —sugirió el padre de Frank.

—Sí, gracias. Es usted muy amable. Con leche y dos terrones de azúcar, por favor.

—Socio, ¿le preparas una taza de té a nuestra invitada?

—Sí, papá —contestó Frank.

Preparar una taza de té en aquella casa no era tarea fácil. Los **hombres malcarados** se habían llevado el hervidor, y Frank y su padre eran demasiado pobres para comprar bolsitas de té ni leche.

—Dígame, madre Judith, ¿qué puedo hacer por usted en esta mañana radiante? —preguntó Gilbert.

—Bueno, como seguramente sabrá, el domingo es el Día del Padre, y tenía pensado hacer algo *especial* en la iglesia...

Había una bolsita de té que guardaban a un lado del fregadero y que usaban una y otra vez. Se veía bastante descolorida, porque a estas alturas había mucha bolsa y poco té.

—... y me preguntaba si le apetecería venir con su hijo a actuar para los feligreses.

Frank la iba escuchando mientras ponía la bolsita de té arrugada en una taza con desconchones y sin asa que llenó con agua caliente del grifo.

—¿A qué se refiere con «actuar»? —preguntó el padre de Frank con una punzada de **pánico**. No había pisado una iglesia desde que era un niño, y solo de pensarlo le entraban **escalofríos.**

—Podría ser cualquier cosa, en realidad. Leer algún pasaje de la Biblia, tocar el órgano de la iglesia, cantar un dueto, bailar, recitar un poema...

Frank miró de reojo a su padre, que se había puesto tan pálido como el té que el chico estaba preparando.

—Verá, no se me da muy bien la poesía... —replicó Gilbert—. Mi tía Flip es la poeta de la familia.

—¡Estupendo! —exclamó la madre Judith—. Frank y usted pueden leer alguno de sus poemas.

—¡¿Qué?!

Sin saber cómo, el padre de Frank se había apuntado a hacer algo que ni loco quería hacer.

Mientras tanto, a falta de leche, Frank había añadido al té un pegote de yogur **reseco** que llevaba años adherido a la pared. En sustitución del azúcar, el chico se había visto obligado a usar un caramelo de tofe medio masticado que llevaba algún tiempo aplastado en el suelo de la cocina. Lo dejó caer en la taza con la esperanza de que el agua tibia lo disolviera.

No fue así.

Un poco nervioso, Frank ofreció la taza de té (si es que merecía tal nombre) a la madre Judith, que miró el **horrible** mejunje que el chico había creado. Parecía el agua de la bañera después de que un ogro se hubiese **bañado** en ella. La mujer le dio un sorbo. Se le inflaron las aletas de la nariz, se le llenaron los ojos de lágrimas y la cara se le puso de un inquietante tono **verdoso**. Aun así, se las arregló para engullir un trago del **repugnante** líquido.

Frank sonrió para sus adentros. Se lo estaba pasando pipa.

—¿Un poco más de té, madre Judith?

—¡Vaya por Dios, qué tarde se me ha hecho! —exclamó la mujer, fingiendo consultar el reloj, aunque ni siquiera lo llevaba puesto—. Tengo que irme, lo siento mucho, no podré acabarme este delicioso té. ¡Me hace mucha ilusión contar con vosotros y os espero en la iglesia este domingo a primera hora de la mañana con vuestro poema!

Gilbert asintió sin decir ni mu, intentando forzar una sonrisa que simplemente no le salía.

Mientras la puerta se cerraba, el hombre se fijó en la taza de té más repugnante de toda la historia de la humanidad.

—Bien hecho, socio. Esa taza de té la ha hecho huir despavorida.

—¿Qué hay del domingo por la mañana? —preguntó Frank.

—¿A qué te refieres?

—Le has dicho que irás a la iglesia a leer un poema.

—No, de eso nada.

—Pero tampoco has dicho que *no* irás a la iglesia a leer un poema.

—Pues... no, pero...

—Nada de peros. No puedes dejar tirada a la madre Judith.

—¿Por qué no?

—Porque... porque... porque es una buena persona.

—Si tan buena es, ¿por qué has intentado **envenenarla** con esa taza de té? —bromeó su padre.

Frank estaba molesto con su padre y no quería reírse, pero no pudo evitarlo.

—¡Ja, ja, ja!

Al ver que su hijo rompía a reír, Gilbert exclamó:

—¡TE PILLÉ!

—¡Yo creía que la visión de tus calzoncillos roñosos bastaría para que saliera corriendo! —dijo Frank.

A su padre no le hizo demasiada gracia que hablara así de sus calzoncillos, pues no hacía ni un mes que los había lavado. Se incorporó para inspeccionarlos.

—¿Cómo se te ocurre llamar roño...? Vaya por Dios.

—Escucha, papá. Vayamos a la iglesia el domingo. Solo por esta vez. Al fin y al cabo, es el Día del Padre. No tienes ningún compromiso, ¿verdad que no?

—El domingo por la mañana... no, no, qué va. Ningún compromiso.

—Entonces será mejor que llame a la tía Flip, para que pueda empezar a escribir cuanto antes su poema especial del Día del Padre.

—Claro. Me muero de ganas —contestó su padre, pero viéndolo se diría que en realidad se **moría de ganas...** de echarse atrás.

CAPÍTULO 17

¡PATACHOF!

En el piso no había teléfono. Como no pagaban las facturas, les habían cortado la línea años atrás. El padre de Frank no podía permitirse un teléfono móvil, así que cuando necesitaban llamar a alguien iban hasta la cabina telefónica más cercana. El problema era que no había una sola moneda en la casa. Por suerte, Frank sabía dónde encontrarlas.

En el parque del barrio había un viejo pozo al que la gente solía tirar monedas con la esperanza de que sus sueños se hicieran realidad. Frank y su padre habían lanzado monedas al pozo de los deseos muchas veces. A lo largo de los años, el chico había pedido muchas cosas distintas. De pequeño, pedía juguetes para su cumpleaños, sobre todo coches: reproducciones a escala, cochecitos de cuerda, coches de pedales, coches de Lego, coches teledirigidos. En cierta ocasión hasta pidió un coche de verdad, aunque sabía que era un deseo imposible de cumplir. Sin embargo, desde el accidente, solo pedía cosas para su padre.

Ahora, Gilbert y él usaban el pozo de los deseos como si fuera una especie de hucha. Le habían echado monedas a lo largo de los años y ahora necesitaban sacar algunas. Era una lástima que nadie tirara billetes al fondo del pozo. Sin embargo, siempre sacaban lo bastante para hacer una llamada, y si tenían suerte, sobraba incluso algo de calderilla para que el chico se comprara un puñado de chuches.

Cuando entraron en el parque, vieron al celador inspeccionando un agujero en la cerca que recordaba la silueta de un Rolls-Royce. El hombre parecía intrigado.

—¡Buenos días! —saludó Gilbert como si tal cosa.

Padre e hijo apretaron el paso y se encaminaron al centro del parque, donde quedaba el pozo de los deseos. Primero echaron un vistazo a su alrededor para asegurarse de que no venía nadie. Era sábado por la mañana y la gente se hacía la remolona para salir de la cama, así que no había mu-

cho movimiento. Gilbert se desenroscó la prótesis, ancló la pierna que le quedaba al borde del pozo y se descolgó por dentro de este. Entonces Frank bajó por el pozo agarrándose a su padre, como si estuviera en uno de esos laberintos de barras de los parques infantiles, y se quedó colgando de la prótesis de madera que Gilbert sujetaba con fuerza. Así alcanzaron el fondo del pozo.

—¿Estás lo bastante abajo, socio? —preguntó Gilbert. Sus palabras resonaron en la oscuridad.

—¡Sí, papá!

El chico se remangó la camiseta y barrió con la mano el fondo del pozo. Tras asegurarse de haber cogido un buen puñado de monedas, gritó:

—¡Vale, papá, ya puedes subirme!

—Siento que tengamos que hacer esto para conseguir dinero.

—No pasa nada, papá.

—Esta será la última vez, socio.

—¿A qué te refieres? —preguntó el chico.

Pero antes de que el hombre pudiera contestar, oyeron un vozarrón que resonó dentro del pozo:

—¿QUÉ DIANTRES ESTÁIS HACIENDO AHÍ ABAJO?

Con el susto, Gilbert se soltó y padre e hijo cayeron al agua fría que cubría el fondo del pozo.

—¡ARGH!

¡PLACHOF!

CAPÍTULO

18

PANTALÓN AL RESCATE

—Je, je, je... —se oyó desde allá arriba.

Frank y su padre estaban hundidos en el agua hasta las rodillas. Gilbert supo quién era sin necesidad de mirar hacia arriba. Habría reconocido aquella risita en cualquier sitio. Era el sargento Chasco, un policía municipal.

—Vaya, vaya... ¿Qué tenemos aquí?

Como si no lo supiera. Llevaba años amargándole la vida a Gilbert. Se la tenía jurada, y siempre lo estaba acusando de haber cometido algún delito solo porque no encontraba trabajo.

—¡Ah, hola, agente! —saludó Gilbert.

—¡De agente nada! ¡Soy sargento! —replicó el policía a gritos. Su rango era muy importante para él. Como no era el más listo de su promoción, había tenido que esperar diez largos años para pasar de simple agente a sargento de policía, y no permitía que nadie lo degradara—. ¡Sargento! ¡Sargento Chasco! ¿Entendido?

—Sí, sargento —contestó el padre de Frank.

—Eso está mejor. ¡Gilbert Buenote! Debí imaginarlo. El granuja paticojo. El gandul renqueante. El holgazán de la pata de palo. Así que ahora nos dedicamos a robar monedas del pozo de los deseos... ¡Ver para creer!

El policía sacó pecho y se alisó el pelo, que peinaba hacia un lado para taparse la calva. Chasco quería estar impecable cuando por fin lograra detener a alguien. Se aclaró la garganta, como un actor a punto de salir a escena.

—*Por la autoridad que me ha sido concedida, queda usted detenido por robar monedas en el susodicho pozo de los deseos.*

—No —replicó Gilbert—. ¡No puede detenerme! Yo no estaba robando, ni mucho menos.

—Je, je, je...

Otra vez aquella irritante risita.

—En ese caso, me encantaría saber qué está haciendo ahí abajo.

Gilbert miró a su hijo. El hombre se había quedado en blanco.

—A mi padre se le ha caído la prótesis —mintió Frank, diciendo lo primero que se le ocurrió.

—¿Ah, sí...? —preguntó Gilbert en susurros.

—Sí, se le ha caído al pozo. Estábamos haciendo footing por el parque y la prótesis ha ido a parar al fondo del pozo.

El policía no las tenía todas consigo.

—Je, je, je... Así que la pierna se le ha caído sin más y, como por arte de magia, ha salido volando y ha ido a parar al fondo de un pozo, ¿es eso? ¡Y yo voy y me lo creo! Je, je, je...

Tal como lo contaba el sargento Chasco, sonaba bastante increíble, la verdad.

—No, por supuesto que no —concedió el chico.

—¿Adónde pretendes llegar con esto, socio? —preguntó su padre en voz baja.

—¡Un perro se ha llevado la prótesis! —continuó Frank—. Como es de madera, ha debido de confundirla con un palo... Y la ha tirado al fondo del pozo.

—¿De veras? —preguntó el policía.

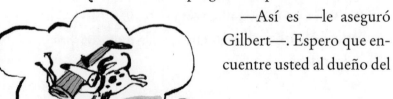

—Así es —le aseguró Gilbert—. Espero que encuentre usted al dueño del perro y que le cante las cuarenta. Y ahora, sargento Chasco, por lo que más quiera, ayúdenos a salir de aquí.

El policía soltó un suspiro de resignación y alargó el brazo hacia el fondo del pozo.

Frank trepó hasta los hombros de su padre y el sargento Chasco tiró de él hacia arriba. Sacar de allí a su padre y la prótesis de madera sería bastante más difícil, pero el chico tuvo una idea brillante.

—Sargento Chasco... —empezó.

—Dime, muchacho.

—Podríamos usar sus pantalones a modo de cuerda.

—¿MIS PANTALONES? —replicó el policía, indignado.

—Sí, señor. Si fuera usted tan amable de quitárselos, podría usarlos para sacar a mi padre del pozo.

—¡Pero todo el que pasara por aquí me vería en paños menores! —protestó el sargento. ¡Aquello era impensable!

—Si así fuera, pensarían que es usted un héroe, señor, ¡por haber rescatado a un pobre lisiado cuando estaba a punto de ahogarse en el pozo!

—¡Puede incluso que consiga una promoción! —añadió Gilbert a gritos mientras se llenaba los bolsillos de monedas.

El policía se lo pensó un momento. Luego se quedó mirando al infinito con cara de orgullo.

—¿Me prometes algo? —preguntó al fin.

—Sí —contestó el chico.

—¿Me prometes que se lo contarás a todas y cada una de las personas que conoces? ¿Que organizarás una recogida de firmas para que me concedan la *medalla al valor* y se la llevarás al comisario jefe?

—¡Le van a cubrir el pecho de medallas! —dijo el chico.

Sin dudarlo, el hombre empezó a desabotonarse los pantalones y se los quitó.

—¡NO SE PREOCUPE, SEÑOR! —gritó el policía con la esperanza de que lo oyeran las personas que pasaban por el parque en ese momento—. *¡Yo, el gran sargento Chasco, lo salvaré con la ayuda de mis propios pantalones!*

Juntos, Frank y él bajaron los pantalones y los usaron para sacar a Gilbert del pozo.

—¡*Y de esta manera, un humilde sargento de policía, nada menos que YO, salva a un pobre tullido de una muerte segura!* —anunció el hombre a pleno pulmón.

—Gracias —dijo Gilbert, sonriendo con disimulo a su hijo por haber conseguido con su astucia la ayuda de un hombre que hasta entonces solo les había hecho la vida imposible.

Sentado en el borde del pozo con la ropa mojada, empezó a recolocarse la pierna de madera.

El sargento Chasco estudió la prótesis con atención, como un detective en busca de pistas.

—Mmm... No veo marcas de mordiscos.

—Claro que no —replicó Frank, improvisando sobre la marcha—. Porque el perro no tenía dientes.

—¿Un perro desdentado? —preguntó el hombre, sin acabar de creérselo.

—Ahí tiene una buena pista para descubrir al animal —añadió el padre de Frank—. No queremos que se acostumbre a salir corriendo con las piernas de madera de la gente. No sea que le coja gusto.

—No —repuso el policía—. Desde luego que no queremos más incidentes relacionados con el robo de prótesis por parte de sospechosos caninos —añadió con un tonillo sarcástico.

—Si no le importa, tenemos una cita muy importante en una tienda de *chuches* —dijo Gilbert—. Venga, socio.

El hombre puso un brazo sobre los hombros de su hijo y se alejaron los dos.

Unos pasos más allá, oyeron la voz del policía:

—¡Te estaré vigilando, Gilbert Buenote!

Sin detenerse, el padre de Frank contestó por encima del hombro:

—Bueno es saberlo, agente.

—¡SARGENTO! —berreó el policía, plantado en medio del parque en calzoncillos.

Padre e hijo se miraron con una sonrisa cómplice mientras salían del parque. Frank se dio cuenta de que, aparte de las monedas de los bolsillos, que tintineaban a cada paso, Gilbert llevaba algo debajo del jersey.

—¿Qué es eso? —preguntó.

El hombre se levantó el jersey para enseñárselo.

—¡Los pantalones del sargento Chasco!

—¡PAPÁ! —exclamó Frank con una carcajada.

—¡Lo sé, he sido malo, muy malo! Venga, vamos a llamar a la tía Flip.

—¡Y a comprar *chuches*!

CAPÍTULO 19

UNA ADVERTENCIA

—¿Qué ha dicho tu tía? —preguntó el padre de Frank, que se había quedado esperando fuera de la cabina mientras su hijo llamaba por teléfono.

—¿Tú qué crees? —replicó el chico como si la respuesta fuera obvia.

—¿Ha dicho que sí?

—¡Pues claro! ¡Escribir un poema para la iglesia! Es su sueño hecho realidad. Y mira —añadió el chico, abriendo la mano—. Aún nos queda algo de dinero para **chuches**.

—Ve tirando, nos veremos allí —dijo su padre.

La tienda de **chuches** quedaba un poco más allá, calle arriba.

El padre de Frank parecía nervioso, como si lo estuvieran esperando en otro sitio.

—¿Va todo bien, papá?

—Sí, socio. Todo va de fábula. Nos vemos en la tienda de **chuches**.

Dicho lo cual, dio media vuelta y se fue cojeando calle abajo.

—¿Adónde vas, papá? —preguntó el chico.

—¡A ninguna parte!

—Eso es imposible. Algún sitio tendrá que...

Antes de que Frank pudiera acabar la frase, Gilbert había desaparecido tras la esquina. El chico negó con la cabeza. Su padre se comportaba de un modo muy extraño. Se fue hacia la tienda de **chuches**, todavía chorreando agua del pozo.

¡TILÍN!

Así sonó la campanilla de la puerta cuando Frank entró en la tienda de Raj, el quiosquero más querido del pueblo. Raj era un hombretón alegre y rechoncho que seguramente comía más **chuches** de las que vendía.

—¡Vaya, mi cliente preferido, aunque ligeramente empapado! ¡Bienvenido! —dijo Raj. Para sorpresa de Frank, el quiosquero estaba de rodillas en el suelo, recogiendo **chuches** y volviendo a colocarlas en las estanterías.

El chico miró a su alrededor. Por lo general la tienda estaba bastante desordenada, pero ese día mucho más. Era como si le hubiese caído una **bomba** encima. Había revistas desperdigadas por el suelo, bolis y lápices partidos por la mitad, y el arcón congelador estaba volcado. El helado fundido se había derramado hacia fuera, formando un charquito de colores lechosos.

—¿Qué demonios ha pasado aquí, Raj? —preguntó el chico.

—¡Ah, nada! —contestó el hombre enseguida—. Nada en absoluto. No pierdas ni un segundo pensando en eso, amigo mío.

Raj seguía yendo de aquí para allá, afanándose por dejarlo todo más o menos en su sitio. Con tanto ajetreo, un gran tarro de bombones se cayó del estante y aterrizó sobre su cabeza.

¡CLONC!

El tarro se rompió, cubriendo a Raj de polvillo blanco azucarado. El pobre quiosquero se dejó caer al suelo, desanimado.

Frank se sentó junto a él y lo rodeó con un brazo.

—Raj, por favor, dime qué ha pasado.

—Han sido dos tipos. Uno es grande y gordo, el otro es alto y delgado. Entran en todas las tiendas y negocios del pueblo y exigen que les paguemos dinero. Si no lo haces, te destrozan el local. Les he dado cien libras, pero han dicho que la próxima vez querrán más. Mucho más. Dicen que esto no ha sido más que una advertencia, ¡y que la próxima vez me destrozarán a mí!

—Creo que sé quiénes son. Manilargo y Pulgarzón.

—¡Sí, son ellos!

—¿Por qué no llamas a la policía y les cuentas lo que ha pasado?

Raj negó con la cabeza, apenado.

—Esos hombres han dicho que harán daño a mi familia si los denuncio. ¡No sé qué hacer!

—Para empezar, deja que te ayude a poner todo esto en su sitio.

Juntos, hicieron lo posible por devolver a la tienda su aspecto habitual. Frank echó un vistazo a las portadas de algunos diarios que habían quedado tirados en el suelo:

—¡Me pregunto si esos hombres tendrán algo que ver con esto! —dijo Raj.

El chico se encogió de hombros.

—¿Quién sabe? ¡Tiene que haber alguna manera de detenerlos!

—El que lo haga será un valiente. Son más malos que la quina. Llevan años **ATEMORIZANDO** a los comerciantes de todo el pueblo. Tiemblo solo de pensar en lo que serían capaces de hacer.

Por último, consiguieron enderezar el arcón congelador entre los dos. Frank vio cómo Raj recogía el helado derretido del suelo con un cucurucho hecho de hojas de diario.

—¿Le apetece un batido, señor? ¿Cinco peniques...?

CAPÍTULO

20

SIETE PENIQUES

—No, gracias, Raj —contestó Frank.

—No importa. —Ni corto ni perezoso, el quiosquero engulló el «batido» de un trago—. Mmm... un
poco arenoso para mi gusto —dijo.

El chico contó el puñado de monedas que había
sacado del pozo.

—Raj, ¿qué puedo comprár con siete peniques?

De pronto, la cara del quiosquero cambió, ilumi-
nada por una gran sonrisa.

—¡Siete peniques! ¡Siempre he soñado que algún
día entraría por mi puerta alguien dispuesto a gastarse una fortuna como esa!
¡Soy rico! —Raj hasta levantó la
vista hacia el cielo—. ¡Gracias!
¡Dios existe! Tómate tu tiempo,
echa una ojeada a todo lo que
hay. Mi tienda es tu reino...

137

Aunque Frank era muy pobre, Raj siempre lo trataba como si fuera un *príncipe*.

—Gracias, Raj. Hum... —reflexionó el chico—. Creo que empezaré con tres **GOMI-NOLAS DE PLÁTANO.**

—¡Una gran elección, señor! ¡La más saludable! Hay que comer cinco al día. —Raj miró por la ventana—. Ah, por ahí va tu padre, el señor Buenote.

Frank miró hacia fuera. Su padre correteaba calle abajo con una lata de gasolina en la mano.

—¿No va a entrar? —preguntó Raj.

—No lo sé. Anda un poco raro, algo le pasa —comentó el chico mientras veía pasar a su padre.

El quiosquero lo miró con cara de pánico.

—Ya sé que el caramelo de dulce de leche que te di la semana pasada llevaba un par de años caducado, pero solo tres personas han tenido que ser hospitalizadas.

—No es eso —repuso Frank.

—Como camina de ese modo tan extraño, he pensado que a lo mejor le ha entrado cagalera, como a los demás.

—No, mi padre camina de ese modo tan extraño porque solo tiene una pierna.

—¡¿Se le ha caído la pierna por culpa de mis caramelos caducados?! —Raj alzó la vista al cielo otra vez y juntó las palmas de las manos como si rezara—. ¡Señor, te lo ruego, apiádate de mí! ¡No soy un hombre malo, lo que pasa es que uso las fechas de caducidad como una referencia muy aproximada y suelo redondearlas hasta la década más cercana!

Frank sonrió, negando con la cabeza. Quería a Raj como si fuera de la familia, más concretamente el típico pariente chiflado.

—Que no es eso, Raj. Mi padre tuvo un accidente de coche muy grave hace años, ¿no te acuerdas?

—Ah, sí, claro, es verdad. Ya me acuerdo. ¡Pues menos mal! —exclamó Raj—. Bueno, ya sabes lo que quiero decir. Me alegro de saber que no perdió la pierna por culpa de mis caramelos.

—¿Por qué se empeñan los padres en tener secretos que no comparten con sus hijos? —preguntó Frank.

El quiosquero se apoyó en el mostrador con aire pensativo y, como si quisiera acentuarlo, cogió una de las pipas de juguete que tenía en un estante y se la metió en la boca. Su imitación de Sherlock Hol-

mes se fue al garete cuando, en vez de humo, empezaron a salir **POMPAS** de jabón de la pipa.

—Supongo que los padres tratan de proteger a sus hijos de ciertas cosas. Cosas de mayores que os llenarían la cabecita de preocupaciones.

—¡Yo ya soy mayor! —protestó el chico, poniéndose de puntillas.

—¿Cuántos años tienes? —preguntó Raj.

—Casi doce.

—O sea, once.

—Sí.

Raj negó con la cabeza y, soplando por la boquilla

de la pipa, hizo  una inmensa y reluciente **POMPA** de jabón.

Frank y él intercambiaron una sonrisa, pero ese instante mágico se vio interrumpido por un rugido ensordecedor.

¡BRrruM!

El chico lo habría reconocido en cualquier sitio.

¡Era Reina!

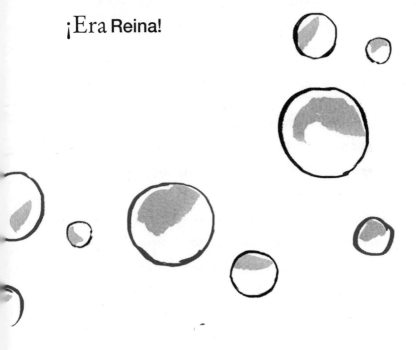

CAPÍTULO 21

AMARILLO VÓMITO

El padre de Frank llamaba **«Reina»** a su Mini super-
potente porque la consideraba más una persona que
una máquina. **Reina** era toda una dama y ya tenía
una edad, pues habían pasado cincuenta años desde
que había salido de la fábrica. Gilbert tenía que en-
gatusarla para que hiciera lo que él quería, hablándo-
le como si fuera una vieja amiga. Cuando arrancaba
el motor, le decía «Venga, **Reina**, despierta», y si el
nivel de aceite estaba bajo, «**Reina**, cariño, deja que
te invite a tomar algo». Cuando estaba a punto de
lavar el coche, le decía «Hoy toca darte un bañito,
cielo». Quería al coche como si fuera de la familia.
De hecho, cuando volvió a casa después de perder la
pierna, estaba más preocupado por las heridas que
había sufrido el coche que por las suyas.

Después del accidente, **Reina** estaba que se caía a
trozos. Montones de trozos. Trozos destrozados.

Gilbert podía haber sacado unas pocas libras, que buena falta le hacían, vendiéndola para el **desguace,** pero quería demasiado a su compañera de fatigas para hacerle eso, así que guardó lo que quedaba de **Reina** en un garaje de un polígono industrial de las afueras, donde acumulaba polvo desde entonces.

Frank quería a **Reina** casi tanto como su padre. El coche tenía un tacto, un olor y un sonido únicos, un sonido que el chico creía que nunca volvería a oír. Sin embargo, mientras estaba en el quiosco de Raj intentando decidir en qué gastar sus siete peniques, lo oyó de nuevo.

¡BRrruM!

—¿**Reina**...? —dijo el chico, volviéndose para buscar el coche con la mirada.

—¿Su Majestad ha venido a nuestro pequeño

pueblo? —preguntó Raj—. Será que se ha enterado de mi oferta especial de **polvos pica pica**.

—**¡No! Reina** es el nombre del antiguo coche de carreras de mi padre.

Raj asintió.

—Ah, claro. ¡Ese nombre le iba que ni pintado!

—¡Lo sé!

¡TILÍN!

El chico salió **corriendo** a la calle.

Entonces vio un Mini bajando por la calle a toda mecha. Iba demasiado deprisa para que Frank pudiera ver quién lo conducía.

Desde luego sonaba como **Reina**, pero no podía ser ella porque el color era distinto. El coche de su padre llevaba pintada en la carrocería la bandera británica, y se veía a la legua. En vez de las típicas rayas rojas, blancas y azules, este Mini estaba pintado de un amarillo chillón. Ni muerto se dejaría ver su padre en un coche del color del vómito.

Raj salió disparado del quiosco.

—¿Era ella? —preguntó.

—No, imposible —contestó el chico, cabizbajo—. Era de otro color. Además, **Reina** se está pudriendo en algún garaje de las afueras.

—Era un coche muy especial.

—Le tenía mucho cariño.

—Todos le teníamos mucho cariño. —El quiosquero apoyó una mano sobre el hombro del chico—. No te pongas triste. Míralo por el lado bueno.

—¿Qué lado bueno? —preguntó Frank, mirando a Raj.

—¡Aún tienes *cuatro peníques* para gastar en mi tienda!

Veinte minutos después, aún le quedaba todo un penique. Comprar **chuches** era un placer tan excepcional que trataba de alargarlo al máximo.

—Hummm... ¿qué hago, Raj? ¿Una **gominola** con forma de gamba...?

—Son frescas de hoy.

—¿O un disco volador...?

—Su sabor es de otro mundo.

¡TILÍN!

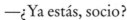

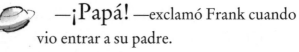

—¡Papá! —exclamó Frank cuando vio entrar a su padre.

—¿Ya estás, socio?

—No del todo —repuso el chico.

—Aún le queda todo un penique —añadió Raj.

Gilbert se fue hacia las **GOMINOLAS** que costaban un penique cada una, cogió la primera que vio, con forma de botella de cola, y la dejó caer en la bolsa de Frank.

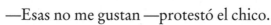

—Esas no me gustan —protestó el chico.

—No me lleves la contraria, por favor. Tenemos que irnos —replicó su padre—. ¡Gracias, Raj!

—Sabe, señor Buenote, hace un ratito juraríamos haber oído a **Reina** pasar calle abajo —dijo el quiosquero cuando ya se iban.

Gilbert parecía *incómodo*.

—¿De veras? Eso es imposible.

CAPÍTULO

22

CONFIANZA

El piso de Frank no quedaba lejos de la tienda de Raj, por lo que no tardaron en llegar a casa. En cuanto cerró la puerta, su padre parecía tener mucha **prisa** por acostarlo. Abrió la última lata de judías que quedaba y no se apartó del chico mientras se las comía. Luego llegó la hora del «baño», que consistía en remojarse en un bidón de aceite lleno de agua que estaba más **sucia** que el propio Frank. Cuando salió del bidón, el chico tenía la **piel toda gris**, y usó una vieja toalla llena de manchas para secarse. Lo mejor de tener que irse a la cama era que su padre siempre

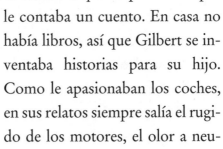

le contaba un cuento. En casa no había libros, así que Gilbert se inventaba historias para su hijo. Como le apasionaban los coches, en sus relatos siempre salía el rugido de los motores, el olor a neumático **quemado** y la aguja de un velocímetro acercándose a la peligrosa zona roja.

—Lo siento, socio, esta noche no hay cuento. Ya deberías estar en la cama.

—Pero si aún es pronto, papá.

—Estás cansado.

—¡Qué va!

—Eres demasiado mayor para cuentos.

—¡Solo tengo once años!

—Casi doce.

—Pero sigo teniendo once. Venga, papá. En el rato que llevas dándome largas podrías haberme contado una historia.

El hombre suspiró, resignado.

—Érase una vez un coche de desguace llamado Abollador. Abollador abolló a todos los demás coches de la pista y ganó la carrera. **Colorín, colorado.**

Frank se lo quedó mirando fijamente.

—¿Ya está?

—¿A qué te refieres?

—¡Me refiero a que eso no es una historia!

—Sí que lo es.

—No, no lo es.

—¿Por qué no?

—¡Es demasiado corta! ¡Érase una vez colorín, colorado! ¡Eso no es una historia! ¡Es una porquería!

A Gilbert no le hacía ninguna gracia que su hijo le hablara así.

—¡Muy bien, a la cama te vas!

—¡Nooo!

—¡Sí! Venga.

Gilbert puso las manos sobre los hombros del chico y lo condujo como si fuera un coche hasta su habitación.

—Ponte el pijama y métete en la cama. Quiero decir, en la colchoneta. Ya sabes a qué me refiero. Necesito que te portes bien y te duermas enseguida.

Frank miró hacia las cortinas. No eran exactamente cortinas, sino más bien trozos de cartón pegados a la ventana. La luz se colaba por los bordes, así que aún era de día.

—¿Qué hora es, papá?

—No lo sé —mintió Gilbert.

A Frank esto le pareció muy extraño, ya que su padre se había pasado la tarde consultando el reloj.

—Pues míralo, papá.

—Ah, sí —replicó el hombre, y echó un vistazo a su reloj—. Es hora de acostarse.

—¡No es justo!

—La tía Flip llegará en cualquier momento. Necesito que te duermas.

—¿Por qué viene? —preguntó Frank.

—Tengo que salir un momento.

—¿Adónde vas?

—Voy a ver la carrera de esta noche.

—¿Puedo ir contigo?

—No. Acaba demasiado tarde. Por favor, socio, te lo suplico. Duérmete.

¡TOC, TOC!

—Debe de ser la tía Flip. Si no quieres que empiece a recitar sus poemas, sugiero que te duermas cuanto antes. Venga, socio, dame un **achumaco** de buenas noches.

Gilbert se apoyó en su única rodilla y se abrazaron.

—Papá...

—¿Sí?

—Tengo miedo.

—¿De qué tienes miedo?

—No lo sé. Algo no va bien, lo noto.

¡TOC, TOC!

—¡YA VOY! Mañana todo irá bien, socio. —El hombre lo besó en la frente con ternura—. Confía en mí.

Dicho esto, se levantó y se fue, cerrando la puerta a su espalda.

Pero esa noche Frank no podía confiar en su padre. **No se fiaba ni un pelo.**

CAPÍTULO

23

EL CARRITO DEL SÚPER

El chico se quedó tumbado en la colchoneta desinflada sin moverse, atento a lo que decían su padre y la tía Flip. Al cabo de unos minutos, la puerta de su cuarto se entreabrió y Gilbert asomó la cabeza. Frank cerró los ojos con **fuerza**, haciéndose el dormido.

—Lo siento, socio —susurró su padre—, pero no me queda otra. Tengo que hacerlo. Por los dos.

Frank entornó ligeramente uno de los ojos. Hubiese jurado que nunca volvería a ver lo que entonces vio: allí estaba su padre, plantado en el umbral, con su traje de piloto de carreras. Era un mono blanco, rojo y azul que no se había puesto desde el accidente. Estaba todo **arrugado**, **mugriento** y le iba **apretado**, porque el hombre había echado barriga en esos meses.

Frank supo que su padre le ocultaba algo. Tenía que averiguar qué era.

Lo siguiente que oyó fue la puerta de la calle abriéndose con un chirrido.

ÑE^EE C...

Tan pronto como la oyó cerrarse...

¡PA^M!

... el chico se levantó de un salto y volvió a dejar un rebujo de papel de diario bajo las mantas por si la tía Flip iba a comprobar si estaba durmiendo. Se puso las zapatillas, y con las prisas metió el pie derecho en la zapatilla izquierda y el pie izquierdo en la zapatilla derecha. La tía Flip estaba en la sala de estar, tratando de escribir un poema.

> *Te miro y siento que me derrito.*
> *Tus ojos, tus pies, hasta tu pompis...*

—¡No... hasta tu *culito*! ¡Soy un genio!
Esta vez Frank no podía esperar que le entraran ganas de ir al baño. Tenía que distraerla, así que se arrastró hasta la cocina y abrió el grifo.

El chico corrió a esconderse detrás de la puerta justo cuando la tía Flip entraba en la cocina con su paso cansino.

—Qué raro... —dijo la mujer, yendo hacia el fregadero para cerrar el grifo—. ¡Espero que el piso no esté embrujado! ¡Los fantasmas me dan canguelo!

Frank no desperdició la oportunidad. Salió de detrás de la puerta, se escabulló hacia el pasillo y, mientras el agua seguía corriendo, abrió la puerta de la calle.

¡ÑE*EE*C!

Luego la cerró y miró a la calle desde el hueco del rellano. Desde allí arriba, en el piso noventa y nueve, su padre parecía una diminuta **mota** que se desplazaba por el aparcamiento. Frank saltó al interior del cesto de la ropa sucia y se lanzó escaleras abajo.

¡CLONC!
¡CLONC!
¡CLONC!

Justo cuando llegó abajo, vio cómo su padre se acercaba cojeando a un Rolls-Royce. El último que había visto era blanco, pero este era PLATEADO. ¿Sería el mismo coche? El motor estaba en marcha, y dentro lo esperaban los tres hombres de la otra no-

che. Esta vez, Manilargo iba sentado al volante y el señor Grande a su lado. Pulgarzón ocupaba el asiento trasero, y pesaba tanto que el coche estaba un poco inclinado.

—¡Llegas tarde! —refunfuñó el señor Grande.

—Lo siento, jefe —se excusó Gilbert.

—¡Sube de una vez! Y más te vale hacer lo que yo te diga, o me las pagarás.

El padre de Frank se subió al Rolls-Royce, que arrancó a toda pastilla.

¡BRRUU*UM!*

Frank se sintió como si le hubiesen dado un puñetazo en el estómago. Su **padre** le había dicho una mentira. Había quedado con aquellos hombres malvados que no podían andar tramando nada bueno. Tenía que detenerlo antes de que fuera demasiado tarde, pero había un pequeño problema: ¿cómo demonios iba a seguirlos sin un vehículo? Nunca se le había dado bien correr. Entonces vio un carro de súper volcado en la hierba. Lo enderezó y luego lo empujó para coger carrerilla antes de saltar a su interior.

¡ALEHOP!

Milagrosamente, aquel carrito del súper era el único de todo el mundo que no tenía las ruedas torcidas. El chico se fue calle abajo a toda velocidad y hasta alcanzó a una ancianita que iba al volante de su Morris Minor, momento que aprovechó para agarrarse al coche. Ahora sí que iba a **toda mecha**, y hasta veía el Rolls-Royce dos o tres coches más allá.

El semáforo se puso rojo y todos los coches frenaron hasta detenerse por completo. Frank se apartó del Morris Minor, cogiendo impulso para poder alcanzar el Rolls-Royce. Agachó la cabeza para que no lo vieran y se cogió al maletero en el preciso instante en que el semáforo se ponía **verde**. Cuando el coche **arrancó**, se lo llevó a remolque.

¡BRRUUUM!

Era casi de noche, y unos minutos después el Rolls-Royce llegó a un polígono industrial. La carretera estaba llena de baches y el chico iba dando tumbos, arriba y abajo, en el carrito del súper.

¡PUMBA!
¡PUMBA!
¡PUMBA!

Cuando se dio cuenta de que el coche iba a parar, lo soltó. Como no tenía frenos, el carrito siguió avanzando a trompicones hasta que las ruedas delanteras chocaron con el bordillo y el chico salió disparado.

¡FIUUU!

Frank aterrizó sobre unos arbustos.

¡CATAPLÚN!

–¡CACHIS!

Estaba **atrapado** debajo del carrito del súper, que había quedado patas arriba. Lo apartó de un empujón, desenredó el pijama de las ramas del arbusto y se escondió detrás de una vieja furgoneta de hamburguesas calcinada. Desde allí vio cómo los cuatro hombres se apeaban del Rolls-Royce y miraban a su alrededor. Era sábado por la noche, y no había un alma en el polígono industrial.

Una vieja puerta de garaje oxidada se abrió con un chirrido y tres de los hombres desaparecieron en su interior.

¡BRRRUUUMMM!

Aquel sonido mágico otra vez.

El Mini amarillo salió zumbando del garaje y se detuvo a un centímetro de los pies del señor Grande.

—Muy listo, Gilbert —dijo el jefe de la banda criminal—. ¿Así que vamos a darnos a la fuga en este montón de chatarra?

—Confíe en mí, señor Grande —repuso el hombre—. Se llama **Reina**. La he reconstruido con mis propias manos, ¡y es el mejor coche de carreras del mundo!

CAPÍTULO
24

MONSTRUOS DE LAS PROFUNDIDADES MARINAS

Frank no podía creer que su padre hubiese reparado a **Reina** sin decirle nada. Más secretos. Más mentiras. El chico supuso que le había dado aquella capa de pintura amarilla para evitar que la reconocieran. **Reina** era única. Un Mini con la bandera británica pintada lo habría delatado en menos que canta un gallo.

Al cabo de un ratito, los dos matones a sueldo salieron del garaje. Ambos sostenían barras de hierro y llevaban sobre la cabeza lo que parecían medias de señora. Ni Manilargo ni Pulgarzón eran lo que se dice guapos, pero ahora, con la cara toda chafada por las medias, parecían un par de **monstruos de las profundidades marinas.**

Frank tenía que hablar a solas con su padre como

fuera, convencerlo para que desistiera de aquella locura. Lo primero era poner en marcha una maniobra de distracción. En el suelo había una lata de refresco abollada. El chico la lanzó al aire con la intención de hacerla caer a los pies del señor Grande, pero falló el tiro y la lata le dio en la cabeza.

¡CLON^C!

—¡AY! —gritó el jefe de la banda criminal—. ¡Nos están atacando!

Frank no había previsto una maniobra de distracción tan espectacular.

Manilargo y Pulgarzón empezaron a corretear de aquí para allá, empuñando las barras de hierro como si fueran a entrar en combate. Le atizaban a todo lo que se encontraban por delante —matojos, cubos de basura, hasta la furgoneta de las hamburguesas—, en un intento de hacer salir de su escondite a quien había atacado a su adorado líder.

Frank se escabulló a cuatro patas. En medio de la confusión, se las arregló para ir hasta la parte de atrás del Mini y meterse en el maletero. El chico se apretujó en aquel espacio diminuto y cerró la portezuela.

¡CLIC!

Entonces se quedó muy quieto y callado para oír lo que se decía fuera.

—No hemos encontrado a nadie, jefe —empezó Manilargo.

—Hemos buscado por todas partes —añadió Pulgarzón.

—¡Tienen que estar escondidos en algún sitio! —bramó el señor Grande.

—Puede que fuera una rata —aventuró Pulgarzón.

—¿Me estás diciendo que una rata ha cogido una lata de refresco y me la ha tirado? —berreó el señor Grande.

—¿Una gran rata, quizá? ¿Una rata mutante...? —sugirió Pulgarzón.

—¡Que me ha dado en la cabeza, pedazo de alcornoque!

—¡Puede que la rata fuera volando sobre una paloma!

—¡Largaos de una vez! —gritó el señor Grande—. ¡Y traedme la pasta o se os caerá el pelo!

—A la orden, jefe —contestó Manilargo.

Las portezuelas del Mini se abrieron y cerraron, y Frank notó que el coche se hundía un poco bajo el peso de los dos esbirros.

¡BRRUuUM!

El motor aceleró, las *ruedas* traseras chirriaron y el coche arrancó a toda *velocidad*. Frank se vio empotrado contra la puerta del maletero...

¡PAM!

... mientras **Reina** se perdía en la noche.

CAPÍTULO

25

¡CATAPLÚN!

¡*BRRRUM*!

Reina recorría las calles a toda pastilla mientras Frank daba tumbos en el maletero como si fuera un saco de patatas. Finalmente, el coche se detuvo con un chirriar de ruedas.

¡*Ñíííííí*!

El chico seguía vivo de milagro, aunque no tenía ni la más remota idea de dónde estaban. Lo único que sabía era que su padre conducía el coche que aquellos delincuentes pensaban usar para darse a la fuga, pero ignoraba de qué huían. Pegó la oreja a la puerta del maletero y aguzó el oído.

Primero se abrió una portezuela.

¡*CLIC*!

Luego se oyeron pasos.

CHAS, CHAS, CHAS.

Poco después, se oyó
una explosión.

Y se disparó una alarma. **¡CATAPLÚN!**

¡RIIING!

Entonces oyó a Manilargo gritando.

—¡Venga, tenemos cinco minutos hasta que
llegue la pasma!

El chico necesitaba ver qué estaba pasando.

Abrió un poquito el maletero...

CLIC.

... y miró por la rendija.

Cuando la humareda ne-
gra de la explosión empe-
zó a disiparse, distin-
guió un gran edificio
con letras en la fa-
chada:

BANCO

A sus once años (casi doce), sin comerlo ni beber-lo, Frank se había visto envuelto en el asalto a un banco. De pronto tuvo mucho miedo, no solo por sí mismo, sino también por su padre. Si la policía lo atrapaba, pasaría mucho tiempo entre rejas. Frank salió del maletero dando un salto y avanzó a **rastras** hasta la parte delantera del coche. Una vez allí, se asomó a la ventanilla del conductor.

—¡Argh! —gritó su padre al verlo allí. Bajó la ventanilla—. ¿Qué haces aquí? —preguntó el hombre.

—¿Y tú, qué haces aquí? —replicó el chico.

—¡Yo he preguntado primero! —estalló su padre.

—Estaba preocupado. Me he colado en el maletero. No quería que hicieras ninguna tontería.

—¿Puede haber algo más tonto que colarse en el maletero de un coche?

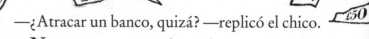

—¿Atracar un banco, quizá? —replicó el chico.

—**No** estamos atracando un banco —le aseguró su padre.

—¿Y qué estáis haciendo?

—Manilargo y Pulgarzón han ido a consultar el saldo de sus cuentas.

—**¿Volando la puerta con explosivos?**

—Es sábado por la noche. No habían caído en que el banco está cerrado.

Frank se lo quedó mirando como si no se tragara una sola palabra.

—Oye, papá, puede que sea joven, pero no soy idiota. Sé exactamente qué estáis haciendo. Será mejor que nos saques de aquí. ***Rapidito.***

—No puedo —replicó Gilbert.

—¿Por qué no?

—Son gente de la **peor** calaña, Frank. Capaces de hacer cualquier cosa. Me harán daño. Te harán daño a ti también.

—¡Pues arranca y no pares, sigue conduciendo y no pares nunca!

—¡Nos encontrarán!

En ese instante, Manilargo y Pulgarzón salieron corriendo del banco con un maletín de color marrón que no estaba bien cerrado, por lo que iban dejando un reguero de billetes a su paso. Billetes de cincuenta libras que revoloteaban en el aire como mariposas.

—¡ARRANCA! —berreó Pulgarzón.

Al ver a Frank junto al coche, Manilargo preguntó a grito pelado:

—¿Qué demonios hace este aquí?

—No sé quién es —dijo Gilbert—. ¡Oye, chico, largo de mi coche!

Manilargo se quedó mirando a Frank.

—Es clavadito a ti.

—Pobre chaval —replicó Gilbert.

—¡Es tu hijo!

Gilbert se volvió hacia Frank.

—Ah, sí, es verdad.

—¿Y qué está haciendo aquí? —insistió Pulgarzón.

—Creía que era ese día del año en que te llevas tus hijos al trabajo —contestó el hombre, con la esperanza de ablandar a los dos matones con una broma. Se equivocaba, y lo comprendió cuando le echaron una mirada asesina.

¡NIIINOOO, NIIINOOO!

No había tiempo para explicaciones, pues un coche patrulla iba hacia ellos a toda velocidad.

—¡Es la pasma! —chilló Manilargo—. ¡Vámonos!

Manilargo y Pulgarzón se metieron en el Mini por el lado del copiloto.

—¡SOCIO, SÚBETE! —gritó Gilbert mientras daba gas.

—¿Cómo? —preguntó el chico.

—¡SALTA!

El coche patrulla estaba cada vez más cerca.

¡NIIINOOO, NIIINOOO!

Gilbert seguía dando gas.

¡BRRRUM!

Los dos pesos pesados que iban en la parte de atrás empezaron a gritar.

—¡DEJA A ESE ZOPENCO!

—¡MALDITO MEQUETREFE!

—¡SOCIO, SALTA DE UNA VEZ! —suplicó Gilbert.

En ese momento, el chico se metió de cabeza por la ventanilla del coche. Con un rugido del motor, **Reina** salió disparada calle abajo. El trasero de Frank asomaba por la ventanilla.

CAPÍTULO

26

CON LA POLI
EN LOS TALONES

Nunca saquéis el trasero por la ventanilla de un coche.

Si, por lo que sea, tenéis que sacar el trasero por la ventanilla de un coche, aseguraos de que lleváis puesto algo más abrigado que un pijama. Lo digo porque de lo contrario os pasará lo que se conoce como «*culigelación*». Eso es lo que pasa cuando la temperatura del trasero de alguien baja en picado. A veces los traseros se enfrían tanto que hasta se vuelven azules. En los casos más graves, pueden llegar incluso a **resquebrajarse** o a ᶜᵃᵉʳˢₑ de cuajo.

La *culigelación* puede tener muchas causas...

hacer aguas mayores en un iglú...

170

meter el trasero en un congelador...

intentar derretir un muñe-
co de nieve usando el calor
de tu trasero desnudo...

intentar cazar un
oso polar en el Árti-
co usando el trase-
ro como cebo...

usar el trasero desnudo
como si fuera un trineo*...

* lo que vendría a ser un traserineo.

 sentarse accidentalmente sobre un carámbano de hielo (lo que también puede ser doloroso, sobre todo si la punta está afilada)...

criogenizar tu trasero para que lo disfruten las generaciones futuras...

 confundir un iceberg con un sofá blandito...

quedar atrapado debajo de la máquina de helados...

El trasero de Frank se iba enfriando peligrosamente mientras **Reina cruzaba** el pueblo a toda mecha con el coche patrulla pisándole los talones, hasta que Gilbert tiró de él hacia dentro. El chico gateó sobre su **regazo** y luego pasó como pudo al asiento de atrás, donde estaba Pulgarzón.

El gorila se lo quedó **mirando** con cara de pocos amigos.

—Buenas noches —saludó Frank, sin saber qué decirle a semejante troglodita.

—**No, no lo son** —replicó el hombretón.

Pulgarzón se volvió para mirar por la luna trasera del coche.

En vez de un coche patrulla, había ahora tres, y estaban recortando la distancia que los separaba del Mini.

¡NIIINOOO, NIIINOOO!

—Deshaceos del chico —ordenó Pulgarzón—. Nos está retrasando.

—No es por nada, pero creo que tú pesas un **poquitín** más que yo —dijo Frank.

Si lo que pretendía era calmar los ánimos, no lo consiguió.

—¿Me estás llamando gordo? —bramó Pulgarzón.

—No, pero sí es verdad que pesas más que yo.

—Dejad de pelearos ahí atrás —ordenó Manilargo.

—¡Ha empezado él! —protestó Pulgarzón—. Se está metiendo conmigo por mi físico.

—¡Callaos y sujetaos fuerte! —dijo Gilbert mientras doblaban una esquina a toda velocidad.

Estaban en las afueras del pueblo.

—¿Adónde demonios nos estás llevando? —preguntó Manilargo—. Por aquí no se va a la casa del jefe.

—Lo sé. He pensado que será mejor coger un atajo.

Gilbert pegó un volantazo y el coche empezó a subir unos escalones bastante empinados.

¡CLONC!

¡CLONC! ¡CLONC!

—¿Adónde nos llevas? —preguntó Manilargo a grito pelado, aferrándose al asiento con sus largos dedos.

—Intento despistar a la poli —contestó el padre de Frank.

Reina se *llevó* una valla por delante, y de pronto estaban en medio de un campo de fútbol. Los tres coches patrulla seguían pisándoles los talones.

¡NIIINOOO, NIIINOOO!

El Mini se detuvo en el centro mismo del campo de fútbol. Los tres coches de policía se separaron y se detuvieron también.

Un hombre habló por el megáfono de uno de los coches patrulla.

—LES HABLA el sargento Chasco.

—Querrá que le devolvamos los pantalones —dijo Frank.

—RENDÍOS. OS TENEMOS RODEADOS

—¿Quién se apunta a un partido de fútbol? —preguntó Gilbert.

CAPÍTULO

27

¡GOL!

—¡Yo me apunto, papá! —contestó Frank.

¡CLONC!

Reina arrancó y subió a la carrera los escalones que conducían a las gradas.

¡CLONC!
¡CLONC!
¡CLONC!

Uno de los coches patrulla fue tras ellos.

¡CLONC!
¡CLONC!
¡CLONC!

—¡Hacia el otro lado! —gritó Gilbert a Pulgarzón.

El matón hizo lo que le ordenaban y se deslizó en el asiento hacia donde estaba Frank.

Entonces Gilbert pegó un volantazo y puso el coche de lado, apoyado sobre dos ruedas, para poder subir por el pasillo que separaba las filas de asientos. Frank quedó aplastado bajo el peso del gigante, pero no parecía el momento más adecuado para quejarse. El coche patrulla los perseguía, llevándose por delante los asientos.

¡NIIINOOO! ¡NIIINOOO! ¡ZAS! ¡CRAC! ¡PUMBA!

Los asientos salieron volando por los aires y, al bajar, se estrellaron contra el parabrisas del coche patrulla. El policía que iba al volante no debía de ver por dónde iba, porque se empotró contra una pantalla gigante.

¡CATACRAC!

El coche patrulla *sobresalía* de la pantalla como en una peli en 3D.

—Uno menos, quedan dos —dijo Gilbert.

Entonces dio otro volantazo, puso a **Reina** de nuevo sobre dos ruedas y bajó las gradas a trompicones...

... hasta el campo de juego.

¡CLONC!
    ¡CLONC!
¡CLONC!

Los dos coches de policía que quedaban los estaban esperando en la otra punta del campo y arrancaron en su dirección a toda velocidad, abriendo profundos surcos en el césped.

¡RAS!

El Mini también **arrancó** a todo gas, yendo a su encuentro.

Los tres coches iban a chocar en el centro del campo.

Aquello era un juego de lo más peligroso.

¿Quién se echaría atrás primero?

—¡Argh! —exclamó Manilargo, y cerró los ojos mientras los coches de policía avanzaban hacia ellos.

—¡Quiero salir de aquí! —berreó Pulgarzón. Frank miró a aquel armario de hombre que parecía a punto de echarse a llorar.

Si nadie pisaba el freno pronto, chocarían de frente.

Gilbert no perdió los nervios.

Al fin y al cabo, era un campeón de las carreras. Esperó hasta distinguir el blanco de los ojos de los policías y entonces tiró del freno de mano con todas sus fuerzas, haciendo que el coche virara **bruscamente**.

—¡NOOO! —gritaron Manilargo y Pulgarzón al unísono.

Los dos coches patrulla intentaron imitarlo, pero uno de ellos dio una vuelta de **campana** y derrapó boca abajo sobre el césped.

Con mano experta, Gilbert estabilizó el Mini y empujó suavemente el coche patrulla volcado hasta el fondo de la portería.

—¡GOL! —gritó Frank.

Solo quedaba un coche de policía.

CAPÍTULO

28

DUELO DE TITANES

Reina corría alrededor del césped y el coche patrulla la perseguía sin descanso. Así dieron una vuelta tras otra a toda velocidad. Era como si fueran los dos finalistas en una carrera de coches de desguace.

Frank vio que uno de los policías del coche patrulla era el sargento Chasco. Iba asomado a la ventanilla, con mirada de loco y los cuatro pelos que le quedaban ondeando al viento mientras gritaba órdenes al compañero que conducía el coche.

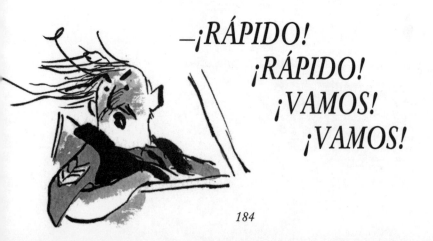

–¡RÁPIDO!
¡RÁPIDO!
¡VAMOS!
¡VAMOS!

El sargento Chasco no apartaba los ojos del Mini. Los dos atracadores tenían la cara aplastada por las medias de señora, pero Frank y su padre no iban disfrazados de ningún modo. El chico sintió pánico. ¿Los reconocería el sargento?

¡PUMBA!

Su padre empotró el Mini contra el coche patrulla, que se fue hacia la portería girando sobre sí mismo.

El policía que iba al volante se las arregló para recuperar el control del coche y frenar justo antes de la línea de gol.

¡ÑÍÍÍÍÍÍ!

Gilbert pisó a fondo el acelerador y embistió el coche patrulla.

Los parachoques delanteros de los dos vehículos chocaron de frente.

¡CATAPLÁN!

Eran como dos búfalos luchando con las cornamentas.

Los motores rugían.

¡BRRRUM!

Las ruedas chirriaban.

¡ÑÍÍÍ!

Las carrocerías crujían.

¡CLONC!

Aquello era un duelo de **titanes.**

De pronto, daba la impresión de que Gilbert iba perdiendo. El coche patrulla estaba ganando terreno, empujando el Mini y haciéndolo retroceder. Frank miró a los policías que tenía enfrente, y vio cómo sus rostros se llenaban de alegría. Iban ganando. O eso creían.

—¿QUÉ ESTÁS HACIENDO, GILBERT? —preguntó Manilargo a grito pelado.

—¡NOS ESTÁN ARRINCONANDO, PEDAZO DE INÚTIL! —chilló Pulgarzón.

—¿Tú crees? —preguntó Gilbert.

En un visto y no visto, el hombre puso la marcha atrás y pisó a fondo el acelerador.

Frank miró por la luna trasera del coche.

Estaban *retrocediendo* hacia la portería. El coche patrulla aceleró. En el último instante, su padre dio un fuerte volantazo y el Mini se apartó de la **trayectoria prevista**.

Pillado por sorpresa, el policía que iba al volante no tuvo tiempo de reaccionar y se metió de cabeza en la portería.

¡CATAPUMBA!

—¡GO**L**! —gritó Frank.

—¡Larguémonos de aquí! —dijo su padre.

El coche salió disparado hacia la salida.

Padre e hijo daban vivas mientras **Reina** bajaba los escalones a trancas y barrancas.

¡CLONC!   ¡CLONC!   ¡CLONC!

Pero aún no estaban a salvo. Nada más salir a la calle, se toparon con un semicírculo de coches patrulla. Gilbert puso la marcha *atrás*, pero era demasiado tarde. Justo entonces llegaron más vehículos policiales que les cortaron la retirada y se colocaron unos al lado de otros. Estaban atrapados en una rueda de coches patrulla.

Un helicóptero de la policía planeaba
en el cielo, proyectando un fuerte
haz de luz sobre el Mini.

No había escapatoria.

CAPÍTULO

29

SIN ESCAPATORIA

—¡RENDÍOS!

¡OS TENEMOS RODEADOS!

—dijo alguien por un megáfono.

Era el sargento Chasco, desde lo alto de los escalones que llevaban al estadio de fútbol. El policía parecía un poco aturdido después de que su coche acabara en el fondo de la portería, pero por lo menos había encontrado otro par de pantalones, aunque le iban demasiado cortos. Sus ridículos pelillos se agitaban, azotados por el viento que levantaban las palas del helicóptero. Un torbellino de hojas y basura giraba en torno al Mini. El coche traqueteaba con tanta fuerza que parecía a punto de desmontarse.

¡CLINC! ¡CLONC! ¡CLANC!

Gilbert tragó saliva. Hasta unos tipos duros de pelar como Manilargo y Pulgarzón parecían muertos de miedo.

Frank había visto a su padre en las carreras durante años. Había asistido a maniobras asombrosas con las que el campeón se escabullía de las situaciones más imposibles. Tenía que haber alguna escapatoria.

—Papá, tú puedes sacarnos de cualquier aprieto —le dijo.

—Es demasiado peligroso, socio. Tenemos que rendirnos. Es el fin.

—La culpa de todo la tiene este maldito mocoso, que nos ha retrasado —refunfuñó Manilargo.

—¡Voy a arrancarle la cabeza y usarla como balón de fútbol! —bramó Pulgarzón.

La desagradable perspectiva de acabar decapitado lo distrajo durante unos instantes, pero el chico estaba decidido a escapar de aquel embrollo. Muchos años atrás había visto a su padre hacer una increíble acrobacia al volante: había conseguido poner a **Reina** de pie sobre las ruedas traseras.

—¡Papá, puedes saltar por encima del cordón policial!

—Pero ¿qué dices? —replicó el hombre.

—¡Sí que puedes! ¡Haz el caballito!

—¿Que haga LO CUALO? —preguntó Pulgarzón.

—No se puede hacer el caballito con un coche —afirmó Manilargo.

—¡Mi padre sí puede!

—Ahora mismo no —replicó Gilbert—. Cuando hice esa acrobacia **Reina** llevaba una carga adicional, un **enorme** y **pesado** barril que iba en la parte de atrás.

—Bueno, ahora también llevas un **enorme** y **pesado** barril en la parte de atrás —apuntó Frank, señalando con la cabeza a Pulgarzón.

El hombre se inclinó hacia el chico. Por un momento, parecía que iba a comérselo vivo.

—No es suficiente peso, socio. Para igualarlo, tendríamos que apretujarnos los tres adultos en el asiento de atrás.

—¡¿A qué estamos esperando?! —exclamó el chi-co.

—¿Y quién conduce? —preguntó Gilbert.

—¡YO! —contestó Frank.

CAPÍTULO

30

CUENTA ATRÁS

—¡TENÉIS DIEZ SEGUNDOS! ¡SI NO OS RENDÍS, HAREMOS USO DE LA FUERZA! —advirtió el sargento Chasco por el megáfono mientras giraba la porra entre los dedos, como si se muriera de ganas de usarla.

—¡Tú no sabes conducir! —dijo Manilargo, burlándose del chico—. ¿Cuántos años tienes? ¿Diez?

—¡Tengo casi doce! ¡Haced lo que os digo si queréis salir de esta!

—**¡DIEZ!** —anunció el sargento Chasco.

—¡Apretujaos en el asiento de atrás!

Manilargo y Gilbert parecían no tenerlas todas consigo, pero hicieron lo que el chico decía.

—**¡NUEVE!**

Mientras los dos hombres saltaban al asiento trasero, el chico lo hacía al del conductor.

—**¡OCHO!**

—¡Échate a un lado! —gritó Manilargo a Pulgarzón, haciéndose un hueco a la fuerza.

—No puedo echarme a un lado —farfulló Pulgarzón—. Qué le voy a hacer si tengo unas buenas posaderas.

—¡SIETE!

Con los tres hombres amontonados en el asiento de atrás y el chico delante, las ruedas delanteras del Mini empezaron a despegarse del suelo.

¡ZAS!

—¡SEIS!

Frank no pudo evitar sonreír. Pese a lo peliagudo de su situación, iba sentado al volante de **Reina**, algo con lo que había soñado toda la vida.

—¡CINCO!

El chico puso las manos sobre el volante. Nunca se había sentido tan poderoso.

—¡CUATRO!

Estiró los pies hasta los pedales.

¡HORROR!

¡Tenía las piernas demasiado cortas!

**—¡PAPÁ! ¡NO LLEGO A LOS PE-
DALES!** —gritó.

—¡TRES!

**—¡VOY A RETORCERLE EL PES-
CUEZO!** —berreó Manilargo.

**—¡Y CUANDO HAYAS ACABADO
DE RETORCÉRSELO, YO ME ENCAR-**

GARÉ DE DARLE OTRA VUELTA DE TUERCA! —añadió Pulgarzón.

—¡DOS!

Solo quedaba un segundo.

CAPÍTULO

DEMONIO SOBRE RUEDAS

—¡Ten, socio! —gritó Gilbert—. ¡Usa esto!

El hombre se quitó la prótesis de madera y se la pasó.

—**¡UNO!**

Tan deprisa como pudo, Frank metió el pie por dentro de la correa elástica de la prótesis.

—**¡MUY BIEN! ¡AL ATAQUE!**—ordenó el sargento Chasco, y bajó los escalones a la carrera, blandiendo la porra, dispuesto a convertirse en un héroe.

El chico presionó con el pie la prótesis de madera, que a su vez presionó el pedal del acelerador.

El Mini se lanzó hacia delante con un rugido y, sosteniéndose sobre las ruedas traseras, se dejó caer sobre el capó de uno de los coches de la policía.

¡CATAPUMBA!

El Mini abolló el capó.

Sus **ruedas** traseras pasaron rodando sobre el parabrisas del coche patrulla.

¡ZAS!

—¡GIRA A LA IZQUIERDA! —gritó Gilbert.

Frank hizo lo que le decía su padre, y el Mini saltó sobre el siguiente coche patrulla del círculo. Todos los agentes de policía saltaron de los vehículos justo a tiempo.

—¡AHORA ECHAOS TODOS HACIA DELANTE! —ordenó Gilbert a gritos, y los tres hombres se inclinaron hacia la parte delantera del coche.

Entonces el Mini se desplomó sobre las cuatro ruedas.

¡PUMBA!

Frank pasó por encima del siguiente coche de policía. Y del siguiente. Y del otro.

¡CLONC!

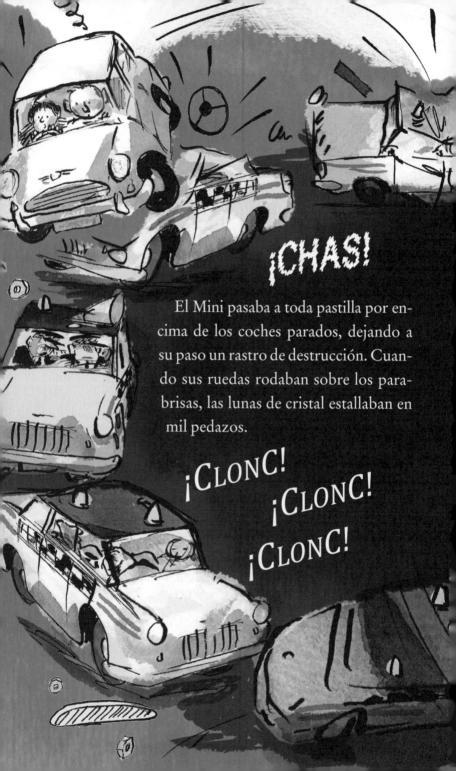

¡CHAS!

El Mini pasaba a toda pastilla por encima de los coches parados, dejando a su paso un rastro de destrucción. Cuando sus ruedas rodaban sobre los parabrisas, las lunas de cristal estallaban en mil pedazos.

¡CLONC!
¡CLONC!
¡CLONC!

¡CHAS!

¡CHAS!

Y el peso de **Reina** aplastaba los techos de los coches patrulla.

A Frank solo le habían llamado la atención una vez en la escuela, por estornudar sin taparse la boca. Nadie habría dicho que llegaría a ser un auténtico

¡DEMONIO SOBRE RUEDAS!

El sargento Chasco miraba horrorizado cómo toda la flota de vehículos policiales se convertía en un montón de chatarra.

En cuanto Frank completó la vuelta al ruedo, su padre gritó:

—¡TODO A LA DERECHA!

El Mini rodó por la parte trasera de un coche patrulla y aterrizó en el suelo con un sonoro...

¡CATAPLÁN!

El parachoques rascó el asfalto, provocando una lluvia de chispas...

¡CHISSS!

Y luego se precipitó calle abajo.

¡FIUUU!

—¡YUJUUU! —exclamó Frank a pleno pulmón. Era la primera vez en su vida que exclamaba «¡yuju!», pero aquella parecía la ocasión perfecta para hacerlo.

Su padre no apartaba los ojos de la carretera mientras la aguja del velocímetro amenazaba con salirse de la escala. El coche iba ahora a más de ciento sesenta kilómetros por hora.

Desde arriba, el helicóptero de la policía les seguía la pista.

¡ZAS, ZAS, ZAS!

—Aún no estamos a salvo —dijo Gilbert—. Ahora déjame a mí, socio. ¡Sé cómo despistar a ese pajarraco!

—Claro, papá.

El chico intentó desplazar la prótesis de madera hacia el pedal del freno, pero se había quedado atascada en el acelerador.

—¡PAPÁ!

—¿Qué pasa, socio?

—¡NO PUEDO FRENAR!

CAPÍTULO

32

TODO LO QUE SUBE BAJA

La euforia se convirtió en pánico en cuanto Frank comprendió que iban hacia su propia destrucción. Con la pierna de madera de su padre atascada en el pedal del acelerador, **Reina** avanzaba cada vez más deprisa y parecía imparable.

—¡AGUANTA, SOCIO! —exclamó Gilbert, encaramándose al respaldo del asiento delantero. Al hacerlo, golpeó con el muñón la larga y afilada nariz de Manilargo.

—¡Cuidado con esa cosa! —protestó el matón.

—¡Lo siento! —contestó el hombre.

Retorciéndose como una anguila, se las arregló para pasar al asiento de delante.

Frank viró bruscamente para no perder el control del coche, que daba vueltas a una rotonda a la velocidad del rayo.

Con el volantazo, Gilbert se vio arrojado hacia atrás y cayó de culo sobre la cara de Manilargo.

—¡AY! ¡CUIDADO CON ESA COSA! —gritó el matón.

—¡LO SIENTO! —se disculpó el hombre, pero volvió a dejarse caer sobre su nariz para tomar impulso—. ¡CACHIS! —exclamó, saltando al asiento del copiloto. El Mini seguía avanzando cada vez más deprisa. Frank se aferraba al volante, sin apartar los ojos de la carretera oscura que tenían delante. No se atrevía a pestañear siquiera. Habían dejado atrás el pueblo y salido al campo. No había farolas, estaba oscuro como boca de lobo. La carretera se había estrechado y ahora avanzaban por un solo carril con elevados setos a ambos lados. Si les venía un coche de frente, no podrían evitar chocar contra él.

Oían el helicóptero de la policía, que los seguía desde el aire.

¡ZAS, ZAS, ZAS!

—¡Fuera luces! —ordenó su padre.

El chico le dio a un botón y los faros del coche se apagaron. Ahora nadie podía verlos, pero ellos tampoco veían nada.

Poco después, el sonido del helicóptero se fue apagando.

—¡CREO QUE LES HEMOS DADO ESQUINAZO! ¡POR ÚLTIMA VEZ, PARAD EL COCHE! —gritó Manilargo.

—¡Eso intento! —replicó Gilbert, golpeando su propia prótesis de madera con el puño. Pero ni por esas consiguió apartarla.

Frank distinguió una silueta que se alzaba a lo lejos, en medio de la carretera. Era algo de color rosa. Algo rechoncho. Algo que se parecía mucho a un cerdo.

¡ERA un cerdo!

—¡CERDO! —chilló Frank, pues fue lo primero que se le ocurrió.

—¡¿Cómo te atreves?! —protestó Pulgarzón.

Seguramente el animal se había escapado de una de las granjas de los alrededores, abriéndose paso a bocados entre la maleza que bordeaba la carretera. Tal vez se asustara con el ruido del helicóptero.

—¡No, tú no! ¡Hay un cerdo en la carretera!

—¡ATROPÉLLALO!

—dijo Manilargo.

—¡NO PUEDO MATAR A UN CERDO!
—gritó el chico.

—Pero bien que comes beicon, ¿verdad? —chilló Manilargo.

—Pues sí.

—¡Entonces puedes atropellar a un cerdo!

Pulgarzón parecía confuso.

—Manilargo, ¿el beicon viene del cerdo?

—¡PUES CLARO! —contestó su compañero a grito pelado.

—¡Vaya, nunca te acostarás sin saber algo más!

—¡Lo he conseguido! —exclamó Gilbert, que por fin había logrado apartar la prótesis del acelerador dando un tirón. Entonces se agachó en el hueco reservado para las piernas del conductor y aporreó el pedal del freno con todas sus fuerzas.

¡¡ÑÍÍÍÍÍÍ!!

Pero se pasó de frenada.

Las ruedas traseras del coche se despegaron bruscamente del suelo y el Mini dio varias vueltas de campana.

¡FIU, FIU, FIU!

—¡AAAYYY! —gritaron todos mientras volaban por los aires durante lo que parecía una eternidad, aunque no fueron más que unos segundos. Frank miró hacia abajo a través del parabrisas y se vio cara a cara con el cerdo, que lo miraba con los ojos como platos, tan aterrado como él.

—¡OINC!

El coche surcaba el aire volando boca abajo. Pero, por supuesto, todo lo que sube baja.

El Mini pasó rozando por encima de un seto.

¡ZAS!

Y aterrizó patas arriba en medio de un campo.

¡CATAPUMBA!

Los cuatro pasajeros se quedaron colgados boca abajo mientras el coche derrapaba por un prado en el que pastaba una manada de vacas.

¡FIUUU!

Las vacas estaban todas tumbadas, durmiendo tan ricamente, cuando el Mini irrumpió en su prado, deslizándose sobre el techo a toda velocidad, y las despertó de malos modos.

—¡MUUU, MUUU! —mugieron los animales, levantándose a trompicones para evitar que el bólido las atropellara.

En el coche, los cuatro pasajeros miraban por el parabrisas trasero. Un gran árbol se acercaba peligrosamente.

—¡ÁRBOL! —berreó Pulgarzón.

—¡Sí, lo hemos visto! —replicó Manilargo.

—¡Pisad el freno! —gritó Pulgarzón.

—¡**Estamos boca abajo!** —recordó Gilbert.

—¡**Ah, es verdad!** —dijo Pulgarzón.

CAPÍTULO 33

ENFURRUÑADOS

—¡SUJETAOS FUERTE! —gritó Frank cuando comprendió que no podían evitar la colisión.

¡CATACRAC!

La parte trasera del coche se estrelló contra el árbol y **Reina** paró en seco.

Aturdidos y desorientados, los cuatro ocupantes del vehículo se quedaron unos instantes colgados boca abajo y luego salieron del coche a trompicones.

Frank estaba tumbado de espaldas en la hierba cuando notó algo áspero y pringoso en la frente. Abrió los ojos y vio una enorme lengua de vaca. La manada se había reunido alrededor del coche volcado y estaba reanimando a los cuatro humanos a lametazo limpio.

—¡MUUU, MUUU!

—¡Sal de encima! —gritó Manilargo, apartando el

morro de la vaca, pero el animal no se desanimó y siguió intentando lamerlo.

—¿Y qué carne sale de estas cosas? —preguntó Pulgarzón con toda su inocencia—. ¿Pollo?

Manilargo soltó un profundo suspiro.

—¡Necesito que todo el mundo me eche una mano! —anunció Gilbert.

—¿Cordero? —aventuró Pulgarzón.

—¡Escuchad! Tenemos que trabajar en equipo para enderezar el coche. Frank, tú y yo lo levantamos por este lado, y Manilargo y Pulgarzón...

Pero antes de que pudiera acabar la frase Pulgarzón cogió el coche a peso y lo enderezó sin la ayuda de nadie. El Mini aterrizó en la hierba con un sonoro *CLONC*.

—Ah, gracias, Pulgarzón —dijo Gilbert—. Lo has hecho todo tú solito.

—¡Eso es! —replicó Manilargo—. Y vosotros dos casi nos matáis a todos, así que a partir de ahora conduzco yo.

—¡A mí nunca me toca conducir! —refunfuñó Pulgarzón.

—¡Yo lo he dicho antes! —replicó Manilargo.

—¡Aquí quien conduce soy yo! —anunció Gilbert.

—¡NO ES JUSTO! —protestaron los matones al unísono.

Gilbert volvió a ponerse la prótesis y se sentó al volante.

—Escuchad, a mí me han contratado para conducir el coche, así que eso haré.

—¿Puedo ir sentado delante? —suplicó Pulgarzón.

—¡No! —contestó Gilbert.

—¿Y yo, puedo ir delante esta vez? —suplicó Manilargo.

—¡NO!

—¿POR QUÉ NO? —preguntaron los dos hombres a la vez.

—Porque si dejo que uno de los dos se siente delante, el otro no parará de gimotear y tendré que parar para que os cambiéis de sitio. Y así nunca llegaremos.

—Pues vámonos de una vez. Tenemos que estar en casa del señor Grande antes de la medianoche —dijo Pulgarzón.

Manilargo le propinó una sonora colleja.

—¡AY! ¿A qué ha venido eso? —protestó el grandullón.

—No digas adónde vamos delante del chico. Es altamente secreto.

—¿La casa del señor Grande es altamente secreta?

Manilargo le atizó de nuevo, esta vez con más fuerza.

—¡AY! ¡Pero si no le he dicho que el señor Grande es el cerebro que está detrás del asalto al banco!

Otra colleja.

—¡A A A Y Y Y!

—¡Basta! Dejadlo ya o volveréis caminando —les advirtió Gilbert.

Los dos hombres se subieron al asiento trasero del coche, enfurruñados.

A nadie le gusta que le echen la bronca, y menos aún a unos delincuentes curtidos.

Frank se sentó en el asiento del copiloto. El chico se lo estaba pasando bomba.

—No os preocupéis. No he escuchado eso de que nos vamos a casa del señor Grande, ni de que es el cerebro detrás de este y todos los demás golpes que habéis dado —añadió con una sonrisita.

—¡Menos mal! —exclamó Pulgarzón—. ¿Lo ves?

Manilargo se limitó a negar con la cabeza.

—¡Callaos todos de una vez! —ordenó Gilbert, que intentaba desesperadamente arrancar el coche.

GRRR… GRRR… GRRR…

En vez de cobrar vida con una sacudida, **Reina** emitía un ruido sordo, como si tuviera ronquera.

—Oh, no —dijo Gilbert.

—¿Qué pasa? —preguntó Frank.

—El motor se habrá ahogado al volcar. La pobre **Reina** no volverá a arrancar hasta que pasen horas. Tendremos que seguir a pie.

—¿Y si llamamos a la policía? —sugirió Pulgarzón—. A lo mejor podrían remolcarnos.

—No sé si te acuerdas, pero ¡estamos huyendo de la policía!

—Ah, claro.

—¿Qué he hecho yo para merecer esto? —preguntó Manilargo, sin dirigirse a nadie en particular.

—Vamos —dijo Gilbert—. Cuanto antes nos pongamos en marcha, antes llegaremos.

En ese momento, un relámpago rasgó el cielo.

¡CATACRAC!

Al cabo de unos segundos se oyó el retumbar de un trueno y empezó a llover a cántaros.

¡BUUUM!

¡PLOC, PLOC, PLOC!

—Creo que está lloviendo —observó Pulgarzón.

Manilargo cogió el maletín marrón repleto de billetes y se lo tiró a Pulgarzón.

—¡AY! —protestó el otro.

—¡Te toca llevarlo! ¡Vamos, por aquí! —anunció Manilargo, y emprendieron la larga marcha hasta la casa del señor Grande.

Gilbert y Frank echaron un último vistazo al pobre Mini. La lluvia lo azotaba con furia, arrancando la capa de pintura amarilla y dejando a la vista los colores de la bandera británica.

—¿Qué pasará con **Reina**? —preguntó el chico.

—Volveremos por ella, socio —dijo su padre—. No te preocupes.

CAPÍTULO 34

¿QUIÉN DICE QUE EL CRIMEN NO COMPENSA?

Después de andar campo a través, pisando boñigas de vaca bajo la lluvia durante horas, el grupo llegó a una inmensa verja de hierro junto a la cual había un letrero que ponía: VILLA RUFIÁN.

—¡Hemos llegado! —anunció Manilargo. Llamó al timbre y se acercó al portero automático.

—Residencia del señor Grande —dijo una voz a través del interfono.

—Somos Manilargo y Pulgarzón. Tenemos un regalito para el jefe —dijo Manilargo.

—Os está esperando. Un momento, por favor.

La verja se abrió despacio con un zumbido, y los cuatro caminantes enfilaron el largo camino de acceso a la casa, una enorme mansión. En sus once años de vida, Frank nunca había visto una casa tan grande. Parecía *un palacio* con aquellas robustas columnas de estilo clásico, los grandes ventanales y la escalinata de piedra que conducía a una inmensa puerta de madera maciza.

Boquiabierto ante tanto esplendor, el chico farfulló:

—Para que luego digan que el crimen no compensa.

Pasaron por delante de una fuente ornamental en cuyo centro se alzaba una gran estatua de mármol que representaba al mismísimo señor Grande en una pose heroica, con su batín ondeando al viento como

si fuera una capa. Se había hecho retratar como un **superhéroe** y no como el **supervillano** que era en realidad.

Los recién llegados subieron la escalinata de piedra que los llevó hasta la imponente puerta de madera. Manilargo llamó tirando de una aldaba de oro macizo.

¡CLONC, CLONC, CLONC!

Al cabo de unos instantes, un mayordomo con frac y pajarita salió a abrir.

—El señor los está esperando en el estudio —anunció. Era un hombre bajito y delgado con cara de pocos amigos. Por su acento y sus rasgos, Frank dedujo que era chino.

El mayordomo los guio por un largo pasillo hasta el estudio del señor Grande.

—¡Llegáis tarde! —protestó. El hombrecillo los recibió sentado a un gran escritorio, con un puro en la boca. A sus pies había dos gatos negros regordetes que llevaban collarines tachonados de diamantes. La estancia era toda ella un derroche de oro. *Había un escritorio dorado, una silla dorada, lámparas doradas y marcos dorados con retratos dorados* del señor Grande *posando con sus joyas de oro*. En uno de aquellos cuadros hasta salía como un emperador romano con una corona hecha de hojas *doradas*. Estaban ante un hombre que amaba el oro casi tanto como se amaba a sí mismo.

—Lo siento, jefe —se disculpó Manilargo—. Hemos tenido un problemilla con el coche.

El esbirro lanzó una mirada asesina a Gilbert, que agachó la cabeza.

—¿Y quién es este *pequeño gusano*? —preguntó el señor Grande.

—Mi hijo, señor —contestó Gilbert.

—Ajá, así que por fin conozco a ese mequetrefe. Tu madre me ha hablado un poco de ti.

—¿Mi madre? —preguntó el chico, temblando.

—¿No te lo ha contado tu padre? —preguntó el señor Grande con una sonrisa burlona—. Ahora es **mi** mujer.

Frank se volvió hacia su padre, confuso.

—¿Papá...? ¡Por favor, dime que no es verdad!

El hombre respiró hondo. Había protegido a su hijo de la verdad durante mucho tiempo, pero ahora no le quedaba más remedio que contárselo todo.

—Lo siento mucho, hijo. Es cierto. Tu madre vive aquí, con el señor Grande.

En cuanto oyó estas palabras, Frank tuvo la sensación de estar bajo el agua: todo era silencio a su alrededor y le costaba moverse. Tampoco podía hablar. Ni respirar.

Gilbert abrazó a su hijo.

—Tendría que habértelo dicho, socio, pero intentaba protegerte.

Frank no quería llorar delante de aquellos hombres. Quería ser fuerte. Pero no podía. Entre lágrimas, preguntó:

—Por favor, no me digas que mi mamá está ahora mismo en esta casa.

El señor Grande sonrió.

—¡Por supuesto que sí! ¡No dejo que salga a la calle!

Los dos matones a sueldo se echaron a reír con esta broma que, como la mayoría de las bromas, iba muy en serio.

—¡Ja, ja, ja!

—Sí, tu mamaíta está aquí —continuó el señor Grande—. A esta hora de la noche lo más seguro es que la encuentres sola en el salón, bebiéndose una botella de champán del caro. Algo que tu papaíto aquí presente nunca pudo darle.

Los esbirros del señor Grande volvieron a reírse:

—¡Ja, ja, ja!

—Dime, pequeño Frankie —empezó el hombre—. ¿Echas de menos a tu mamaíta? ¿Te gustaría verla?

—¡No! —replicó el chico.

—Pues apuesto a que ella sí querría verte. Ha pasado mucho tiempo. Chang, dile a la señora que ha venido su hijo.

—Sí, señor —contestó el mayordomo, inclinándose antes de abandonar la habitación.

Gilbert rodeó a su hijo con el brazo en un gesto protector.

—No le hagas esto al chico —pidió.

—¡No me lo perdería por nada del mundo! —replicó el señor Grande—. ¡Madre e hijo reunidos al fin!

—No quiero verla, papá —dijo el chico, sorbiéndose la nariz.

—Venga, socio, larguémonos de aquí —dijo Gilbert, cogiéndolo de la mano.

Pero era demasiado tarde. La madre de Frank apareció en el umbral del estudio.

CAPÍTULO

35

CHAMPÁN, PERFUME Y LACA DE PELO

La madre de Frank no se parecía demasiado a la mujer que él recordaba. Ahora era toda pelo, maquillaje y uñas. Tenía la piel mucho más morena y llevaba encima *kilos de oro* en forma de joyas. Parecía la querida de un gánster, que era exactamente en lo que se había convertido.

—Vaya, ¿no has crecido? —preguntó la mujer con lengua pastosa, sosteniendo una copa de champán manchada de pintalabios.

Verla después de tanto tiempo le parecía irreal, pero finalmente Frank reunió el valor necesario para saludarla:

—Hola, mamá.

El señor Grande sonreía de oreja a oreja. Se lo estaba pasando bomba.

—¿No vas a darle un beso a tu mamaíta?

El chico negó con la cabeza.

—¡Venga, Frankie! —dijo ella, y entró en la habitación a trompicones. Se tambaleaba sobre unos tacones altísimos, como un potrillo intentando dar sus primeros pasos. Finalmente, se plantó a escasos centímetros de su hijo, que cerró la boca e intentó no respirar, tal era la peste a champán, laca de pelo y perfume que desprendía la mujer—. ¡QUE ME BESES, HE DICHO! —ordenó.

—¡No quiero! —replicó Frank.

—¡Pequeño granuja maleducado! —bramó su madre.

Manilargo y Pulgarzón contemplaban la escena con una sonrisita malvada. Los dos gatos negros ronroneaban.

Gilbert intervino.

—¡Deja en paz a mi hijo!

La mujer volvió la cabeza despacio en su dirección y, sosteniéndole la mirada, dijo:

—Creo que olvidas algo, Gilbert. Frank *también* es hijo *mío*.

El chico se sentía atrapado entre la espada y la pared. En el fondo seguía *queriendo* a su madre, por más que lo hubiera abandonado.

—Por favor, no hagas esto —suplicó el hombre—. Ahora no.

El chico rodeó el pecho de su padre con los brazos y lo estrechó con fuerza.

La mujer se puso roja de ira.

—¡Me voy a la cama! —anunció, enfurruñada.

—No, no, no —replicó el señor Grande—. Quédate con nosotros, amor mío. Quiero que veas lo que me han traído estos amables caballeros.

A una señal de Chang, Manilargo y Pulgarzón se pusieron manos a la obra y vaciaron el maletín marrón sobre el escritorio, amontonando fajos y más fajos de billetes de cincuenta libras.

Cada fajo parecía tener unos cien billetes, y había por lo menos cien fajos.

En total, 50 x 100 x 100. A Frank no se le daban demasiado bien las mates. Lo único que tenía claro era que allí había una pasta gansa.

—¡Fíjate en esto, nena! —exclamó el señor Grande.

Los ojos de la madre de Frank hacían chiribitas.

—¡Qué pasada, Grandullón!

El hombrecillo cogió tantos fajos de billetes como le cabían en las manos y se los dio.

—Para ti, princesa. Cómprate algo bonito para tu cumpleaños.

—¡Eres el mejor, Grandullón! —exclamó la madre de Frank, echándose en brazos del señor Grande y dándole un largo **BESO BABOSO**.

¡SLURP!

Frank y su padre apartaron los ojos, y hasta Manilargo, Pulgarzón y Chang se pusieron a contemplar el techo.

—¡No tardes! —canturreó la mujer mientras apuraba la copa de champán y se iba bamboleándose sobre los tacones.

Antes de salir, cogió un puñado de billetes y los metió en el bolsillo del pijama de Frank.

—Ten, para que te compres algo.

—No quiero tu dinero —replicó el chico.

Sacó los billetes del bolsillo y se los devolvió.

—¿Y qué es lo que quieres? —preguntó la mujer, arrastrando la lengua.

—De ti, nada —replicó Frank—. ¡No quiero volver a verte nunca más!

El rostro de la mujer se endureció de pronto. Era como si se hubiese transformado en una serpiente. La madre de Frank levantó la mano como si fuera a abofetearlo...

CAPÍTULO

36

EL BOTÍN

Gilbert se lo impidió cogiéndole la muñeca con fuerza cuando estaba a un milímetro de la cara de Frank.

—¿Qué haces, Rita? —le preguntó.

—¡No lo sé, Gilbert! —replicó la mujer, horrorizada de pronto por lo que había estado a punto de hacer.

—¿No crees que ya le has hecho bastante daño?

—Lo sé. Lo siento. Lo siento mucho. No sé qué me ha entrado —farfulló mientras las lágrimas rodaban por su rostro—. Te he fallado, Frank. Eso es lo único que te he hecho desde que has nacido, fallarte.

—¡Te estás poniendo en ridículo! —bramó el señor Grande—. ¡Vete a la cama!

Rita agachó la cabeza y salió del estudio tambaleándose.

—Qué pasa, le hablo como me dé la gana. Ahora

me pertenece —continuó el señor Grande, dirigiéndose a Frank y a Gilbert con una sonrisa siniestra.

El chico comprendió que aquel hombre era malvado. Irremediablemente malvado.

Entonces el jefe de la banda de criminales centró su atención en el botín que descansaba sobre su escritorio. Cogió un fajo de billetes. Primero lo olisqueó. Luego lo besó. Finalmente, lo acercó al oído y deslizó la yema de un dedo por los bordes de los billetes. Una gran sonrisa iluminó su pequeña cara mofletuda.

—Dinero... —murmuró para sus adentros, como si estuviera bajo un hechizo—. Montones y montones de maravilloso dinero.

—Debe de haber medio millón, jefe —dijo Manilargo.

—No está mal para una noche de trabajo, caballeros. Pero que nada mal.

Como si le tirara un hueso a un perro, el señor Grande arrojó un fajo de billetes a cada uno de sus hombres de confianza, Manilargo y Pulgarzón.

—Ahí tenéis vuestra parte —dijo.

Los dos matones parecían más que satisfechos con su parte del botín.

—Gracias, jefe —dijo Manilargo.

—Sí, muchas gracias, jefe —añadió Pulgarzón, más contento que unas pascuas—. Ya puedo comprar más cromos de fútbol para mi colección.

Frank y su padre intercambiaron una mirada. ¡Cromos de fútbol! ¿Qué edad tenía, diez años?

Junto al señor Grande había una enorme lata que ponía CAVIAR. El hombre hundió una cucharilla de oro en su interior y sacó cientos de diminutas huevas negras.

—¡Ronnie, Reggie! —dijo entonces.

«¿A quién llamará?», se preguntó Frank.

Los dos gatos gordos se levantaron, arquearon la espalda y enseñaron los colmillos.

—¡Ronnie!

El primer gato lamió la cucharilla y engulló el caviar con ansia mientras Reggie bufaba.

—No te preocupes, Reggie. También hay para ti.

El señor Grande tiró una cucharadita de caviar al aire, que el animal cogió al vuelo. Los dos gatos empezaron a **ronronear.**

—¡Chang! —llamó el señor Grande.

—¿Sí, señor? —contestó el mayordomo.

—Mete el resto del botín en la caja fuerte.

—Con mucho gusto, señor —dijo el mayordomo. Entonces apartó un retrato bajo el cual estaba la caja fuerte e introdujo una combinación de cuatro dígitos en el teclado numérico...

¡BIP! ¡TUUU! ¡PIIIP! ¡TUTUTÚ!

... y la puerta de la caja fuerte se abrió con un zumbidito.

Frank echó un vistazo a su interior. Estaba llena a rebosar de lingotes de oro y billetes de cincuenta libras.

Uno tras otro, el mayordomo fue colocando los fajos perfectamente ordenados dentro de la caja fuerte.

Cuando terminó, Frank tomó la palabra.

—¡Señor Grande, esto no es justo! ¿Qué hay de la parte de mi padre?

En el estudio se hizo un silencio sepulcral.

—¿Qué has dicho? —masculló el señor Grande. Estaba tan furioso que sus ojillos de cerdo parecían a punto de salirse de las órbitas.

—Nada —contestó Gilbert por su hijo para ahorrarse problemas—. En realidad no ha querido decir nada.

—No te esfuerces en disimular. ¿Qué me has dicho, pequeña sabandija asquerosa?

PAPILLA DE SESOS

En el estudio del señor Grande, todas las miradas estaban puestas en Frank. Aquel sinvergüenza con su viejo pijama mugriento había osado increpar al jefe de la banda.

—Mi padre ha conducido el coche de la huida —dijo Frank—. Si no fuera por él, no habríais podido dar el golpe. ¡Se merece una parte del botín!

El señor Grande se echó a reír.

—¡JA, JA, JA!

Manilargo se le unió.

—¡JA, JA, JA!

Y el siguiente fue Pulgarzón.

—¡JA, JA, JA!

Finalmente, hasta Chang emitió un sonido que recordaba vagamente la risa.

—¡Haaaaaah!

Ronnie y Reggie ronronearon.

—No le veo la gracia —dijo el chico.

—La gracia —empezó el señor Grande— ¡es que tu padre ME debe dinero A MÍ!

De pronto, Gilbert se puso nervioso.

—Pero señor Grande, eso no es lo que acordamos. Usted me prometió que después de esta noche quedaríamos en paz.

El señor Grande rodeó el escritorio con parsimonia y se plantó a escasos milímetros del padre de Frank. El jefe de la banda lo miró a los ojos y le echó una bocanada de humo a la cara que lo hizo toser y resoplar.

—¡Una noche! —empezó Grande—. ¡Una sola noche de trabajo! No me hagas reír. ¡Al parecer lo has olvidado, pero me debes una auténtica fortuna!

—Solo son quinientas libras —replicó Gilbert.

—¡¿Solo quinientas libras?!

—Lo necesitaba para comprarle un regalo de cumpleaños a mi hijo.

—¡Mi circuito de carreras! —exclamó el chico.

—Sí...

—¡Pero, papá! —protestó Frank—. ¡No tenías que comprármelo! Habría pasado perfectamente sin él.

—¡Por favor, estate calladito, socio! —replicó Gilbert.

—Pero no me has devuelto el dinero, ¿verdad que no? —continuó el señor Grande.

—Lo intenté, le juro que lo intenté. Hice todo lo posible por recuperar mi viejo trabajo en las carreras de coches de desguace, pero no me han dejado volver a competir.

—Estás en deuda conmigo, Gilbert Buenote. Y con los intereses, quinientas libras se han convertido en mil. Mil libras se han convertido en diez mil. Diez mil libras se han convertido en cien mil.

—¡Eso no es justo! —protestó Frank—. ¿Cómo pueden quinientas libras convertirse en cien mil?

—Yo no soy un banco —se excusó el señor Grande.

—¡No, usted solo los roba! —replicó el chico.

—Te crees muy listo, ¿verdad?

—Pero ¡¿cien mil libras?! —dijo Gilbert—. ¡Jamás podré reunir tanto dinero!

El señor Grande sonrió con malicia.

—Entonces será mejor que sigas trabajando para mí hasta que hayas saldado tu deuda.

—¡Eso no es justo! —exclamó Frank.

—¡SOCIO! ¡CIERRA EL PICO! —le ordenó su padre—. Pero ¿hasta cuándo?

—Hasta que yo lo diga.

—¿Y si me niego? —preguntó Gilbert.

—¡Manilargo, Pulgarzón!

Raudos y veloces, los dos esbirros pasaron a la acción. Manilargo cogió a Frank pasando los brazos por debajo de sus axilas y lo levantó del suelo.

—¡Suéltame! —gritó el chico, tratando de zafarse.

—¡Quita tus sucias manos de mi hijo! —ordenó Gilbert a pleno pulmón.

Pulgarzón le dio una patada tan grande en la pierna mala que le arrancó la prótesis de cuajo.

ZAS.

Gilbert se cayó al suelo.

¡PUMBA!

—¡PAPÁ! —gritó Frank.

El pobre hombre quedó tirado en el suelo. Puede que su cuerpo no estuviera para muchos trotes, pero su espíritu no se daría por vencido tan fácilmente.

—Como le hagáis daño a mi hijo, os juro que...

—¿Qué es lo que juras? —preguntó el señor Grande, burlándose de él, y pisó los dedos de la mano de Gilbert.

¡CRAC!

—¡AY! —gritó Gilbert.

—¡Pulgarzón, empléate a fondo con el chico! —ordenó el señor Grande.

Frank lo miró aterrado mientras el hombre hacía crujir los nudillos de sus inmensos pulgares como si fuera a romperle todos los huesos del cuerpo.

¡CREC, CREC!

Entonces el esbirro hundió los pulgares en los oídos de Frank. El chico tuvo la sensación de que el cráneo le iba a explotar y que sus sesos acabarían hechos papilla.

—¡ARGH! —chilló.

CAPÍTULO

38

¡ALTO!

—¡TE LO SUPLICO! —pidió Gilbert a gritos—. ¡Haré lo que quieras, pero deja en paz a mi hijo!

El señor Grande lo miró con una sonrisa de superioridad antes de decir:

—Ya basta, caballeros.

Manilargo y Pulgarzón dejaron a Frank en el suelo. El jefe de la banda todavía tardó unos instantes en apartar el pie de la mano de Gilbert, como si disfrutara demostrando su poder. Viendo las estrellas, el hombre se incorporó, se apoyó en una rodilla y abrazó a su hijo, que temblaba de miedo.

—Me alegro de que hayas entrado en razón, Gilbert —continuó el señor Grande—. No tardaré en llamarte para acordar los detalles de tu próxima misión.

Frank se arrodilló para ayudar a su padre a ponerse la prótesis. Entonces vio por el rabillo del ojo uno de los fajos de billetes tirado a sus pies. Debió de caerse del escritorio del señor Grande cuando vaciaron el maletín. Allí estaba, en forma de crujientes billetes de cincuenta libras, la solución a muchos de los problemas de su padre.

Cuando creía que nadie estaba mirando, Frank avanzó el pie izquierdo disimuladamente para ocultar el fajo. Si no perdía la calma, podría llevárselo sin que nadie se diera cuenta.

—El señor Grande les agradece la visita, pero ha llegado el momento de que se marchen —anunció Chang.

Frank se dirigió a la puerta arrastrando el pie por el suelo.

Solo había dado unos pasos cuando el señor Grande bramó:

—¡ALTO!

Padre e hijo obedecieron.

—¿Por qué cojeas? —preguntó.

—¿Quién, yo? —contestó el chico con aire inocente.

—Sí, tú. Ya sabemos por qué cojea el tullido de tu padre.

Cómo no, los dos matones volvieron a desternillarse con la crueldad de su jefe.

—¡Ja, ja, ja!

—Yo no cojeo —replicó Frank.

—Pues sigue andando —ordenó el señor Grande.

El chico hizo lo que le decían, pero arrastrando el pie izquierdo.

—¿Qué tienes debajo del pie?

—Nada —mintió.

El señor Grande dio un respingo. El chico estaba poniendo a prueba su paciencia.

—¡Pulgarzón! —bramó.

El esbirro sabía qué hacer. Se fue a grandes zancadas hacia Frank, rodeó con los brazos el pecho del chico y lo levantó del suelo.

Todos los ojos se clavaron en el fajo de billetes que Frank había arrastrado con disimulo casi hasta la puerta.

—Lo siento, papá —susurró.

Gilbert le dedicó una sonrisa de ánimo.

—¡Parece ser que tenemos un ladronzuelo entre nosotros! —anunció el señor Grande.

—Por favor, se lo ruego, apiádese del chico —suplicó Gilbert.

El gánster se acercó a Frank con su parsimonia habitual y miró al chico a los ojos. Este contuvo la respiración. ¿Qué iba a hacerle aquel hombrecillo cruel?

La respuesta fue una sonrisa.

—Muchacho, estoy impresionado —empezó—. Muy impresionado. Hace falta tener agallas para intentar robar al mismísimo señor Grande en su propia casa. Deberías venirte a vivir aquí con tu madre y conmigo.

Gilbert miró a su hijo con el miedo estampado en el rostro.

—¡NUNCA! —gritó Frank.

—Nunca digas de esta agua no beberé —replicó el señor Grande—. Piénsatelo.

—Ya lo he pensado. Ni lo sueñe.

—Podría enseñarte el oficio.

—Venga, papá —dijo Frank, tirando de la manga de su padre—. Tenemos que irnos.

Justo cuando alcanzaron la puerta del estudio, el señor Grande añadió, levantando la voz:

—Algún día, todo esto podría ser tuyo.

—¡Antes muerto!

—Eso tiene fácil arreglo... —murmuró el gánster.

39

UNA SILUETA ENTRE LAS SOMBRAS

Frank y su padre se enfrentaron en silencio al viento y la lluvia hasta llegar a la estación de tren más cercana. Allí se acurrucaron en un banco de la vía a la espera del primer vagón frío y desierto que los llevara de vuelta al pueblo.

—Tu mamá te quiere, en el fondo —dijo Gilbert.

Frank no contestó. Todo lo que había pasado esa noche había ahondado sentimientos dolorosos que creía olvidados.

—Tu madre no solía beber tanto —dijo el hombre.

—Me ha puesto triste verla así.

—Ven aquí, creo que los dos necesitamos un buen **achumaco**.

Padre e hijo se fundieron en un abrazo hasta que el tren entró en la estación. Para cuando llegaron a su bloque de apartamentos, empezaba a amanecer. Como el ascensor seguía estropeado, subieron a pie los miles de escalones. Cuando por fin Gilbert metió la llave en la cerradura, estaban agotados. Nada más entrar en el piso, la puerta de la sala de estar se abrió y una silueta apareció entre las sombras.

Frank se agarró a su padre, asustado.

—¡Buenos días, chicos!

Solo era la tía Flip.

—¡Ah, buenos días, tía Flip! —saludó Gilbert.

Tanto él como el chico se habían olvidado por completo de que la mujer se había quedado haciendo de canguro.

—Siento que hayas tenido que pasar toda la noche aquí —dijo Gilbert—. Te he visto durmiendo cuando he vuelto y he pensado que era mejor dejarte descansar —añadió.

—¡Dios mío, cómo os habéis puesto! —exclamó

la mujer mientras sacudía la ropa de ambos a manotazo limpio. Al ver que las manchas de barro se le resistían, la tía Flip hizo algo que Frank odiaba con todas sus fuerzas.

Cogió su pañuelo, escupió en él y empezó a frotar el barro con energía. Luego olisqueó el pañuelo.

—¡Esto huele a boñiga de vaca! —exclamó—. ¿Dónde demonios habéis estado?

—Hemos salido a comprar un poco de leche —mintió Gilbert.

—¿Y también habéis ordeñado la vaca? —preguntó la tía Flip.

—Hum, no. La hemos comprado en la tienda de Raj —añadió el chico, con la esperanza de hacer la mentira un poco más creíble—. Habremos pisado una boñiga de vaca en el camino de vuelta.

—¿De veras? Bueno, mataría por una taza de té —dijo la tía Flip—. ¿Dónde está la leche?

—¿Qué leche? —preguntó Gilbert.

—La que habéis ido a comprar.

—La hemos devuelto —se apresuró a contestar Frank.

—¿Por qué? —preguntó la mujer.

—Porque estaba caducada —dijo Gilbert.

—¡Tendríamos que haberlo imaginado! —añadió Frank—. Era una oferta especial. Seguro que Raj acaba vendiéndola como queso.

La tía Flip se los quedó mirando intrigada. Sabía que allí había gato encerrado, pero nada más. Volvió a meterse el pañuelo en la manga y consultó su reloj.

—Vaya por Dios. ¿Tan tarde es? Será mejor que vayamos tirando.

—¿Adónde? —preguntó Gilbert.

—¡No me digáis que lo habéis olvidado!

Frank y su padre se miraron el uno al otro. Con todo lo que había pasado esa noche, lo habían olvidado por completo, desde luego, ¿pero qué era exactamente lo que habían olvidado?

—Lo siento, tía Flip, pero la verdad es que no nos acordamos —reconoció Frank.

—¡Nos esperan en la iglesia! —exclamó la mujer.

—Ah, sí. ¡La iglesia! —dijo Gilbert, intentando sonar un poco entusiasmado y fracasando en el intento.

—Feliz Día del Padre, papá.

—Gracias, socio.

La tía Flip los contemplaba con una sonrisa de orgullo.

—*¡Qué bonito!* Y tranquilos, os he escrito un *poema especial* para la ocasión que podréis leer delante de todos los feligreses.

Padre e hijo intercambiaron una mirada de resignación.

CAPÍTULO

40

SILLAS VACÍAS

—¡Bienvenidos, bienvenidos y tres veces bienvenidos! —saludó la madre Judith cuando Frank, Gilbert y la tía Flip entraron en la iglesia, empapados por la tormenta que seguía descargando con fuerza—. Espero encontrar tres asientos juntos. Queréis sentaros juntos, ¿verdad?

—Si es posible —contestó la tía Flip.

Frank miró a su alrededor. La iglesia estaba llena hasta los topes de... sillas. Sillas vacías. Por desgracia, y pese a su entusiasmo, la madre Judith no había logrado reunir a demasiados fieles, y eso que era el Día del Padre. Solo había una ancianita sentada al fondo cuyo audífono emitía un molesto pitido.

¡PIIIIIIIIIIIIIIII!!!

—Venid por aquí, por favor —dijo la madre Judith, conduciéndolos hasta el altar.

Cuando pasaron por delante de la anciana, esta preguntó a grito pelado:

—¿Cuándo es el piscolabis, madre Judith? Me prometieron que habría un piscolabis.

—Se servirá justo después de la ceremonia —contestó la párroca con una sonrisa.

—En ese caso, volveré dentro de una hora —anunció la ancianita, que con las mismas se levantó y se marchó.

La pobre madre Judith intentó ocultar su disgusto y guio a sus tres únicos feligreses hasta una hilera de asientos.

—¿Os parecen bien estos?

—Son perfectos, gracias —contestó la tía Flip—. Y debo decir que estás muy *guapa*.

—Vaya, muchas gracias —dijo la madre Judith, un poco desconcertada.

—¿Te has hecho algo en el pelo?

—Solo me lo he peinado un poco —contestó la párroca, encogiéndose de hombros.

—Pues te queda *divino*.

—Eres muy *amable*, gracias.

La tía Flip y la madre Judith intercambiaron sonrisitas tímidas. Frank nunca había visto a su canguro comportarse de esa manera.

—¡Papá! —susurró al oído de su padre.

—¿Sí?

—¿Qué está pasando entre estas dos?

—No tengo ni idea.

Ninguno de los dos se había detenido nunca a pensar en la vida amorosa de la tía Flip.

—¡Chisss! —chistó la tía Flip—. Por favor, respetad al resto de los fieles.

—¡Pero si no hay nadie! —protestó el chico.

—¡Esto es una iglesia! Están aquí en espíritu —replicó la mujer—. ¡Adelante, madre Judith!

—¡Gracias, Flip!

En cuanto inició su discurso de bienvenida, la lluvia empezó a caerle encima a través de las goteras del tejado como si alguien hubiese abierto un grifo. La madre Judith intentaba esquivarlas moviéndose de aquí para allá, pero cada vez que lo hacía se las arreglaba para acabar peor todavía. La párroca no había mentido a lo largo de todos aquellos años: el tejado necesitaba de veras una reparación urgente.

—Os doy la bienvenida a esta ceremonia especial con motivo del *Día del Padre*. Es maravilloso ver tantos rostros nuevos.

Frank miró a su alrededor para comprobar si había entrado alguien más, pero no vio a nadie. Al decir «tantos», la madre Judith debía de referirse a «dos».

—Bien, hoy para empezar quiero pedir a un padre y un hijo que se reúnan conmigo en el altar para leer su poema especial del *Día del Padre* al resto de los feligreses.

A *regañadientes*, Frank y su padre subieron al altar y, al dar media vuelta, se hallaron ante un mar de sillas vacías.

—Voy a leer un poema de la tía Flip que se titula «El Día del Padre» —empezó el chico.

«Te quiero, papá, de corazón te lo digo.»

La lluvia caía a chorro sobre la cabeza de Frank cuando su padre tomó el relevo para leer su parte.

«Y yo te quiero a ti, mi hijo querido.
El día que naciste fue muy especial,
Aunque tuviera que cambiarte el pañal.»

Gilbert se las prometía muy felices porque no había ninguna gotera donde él estaba. Pero de pronto la lluvia empezó a azotar el tejado con tal violencia que lo mojó como si le hubiesen vaciado un cubo lleno de agua sobre la cabeza.

«Yo siempre me aseguraba de dejarte un regalito
líquido y dorado o marrón y más espesito.»

Justo entonces, la puerta de la iglesia se abrió de golpe.

¡ÑEEEC!

El sargento Chasco entró a grandes zancadas y fue a sentarse en la primera fila.

Padre e hijo se miraron, nerviosos. ¿Qué hacía allí el sargento de policía? Intentaron seguir adelante como si nada. Si creían que el poema no podía empeorar, estaban muy equivocados.

«Te veo y me entran ganas de comerte a besos:
los ojos, los mofletes, hasta tus pequeños quesos»,

continuó Gilbert.

La puerta volvió a abrirse bruscamente.

¡ÑEEEC!

Esta vez, entraron varios agentes de policía, uno tras otro. Se quitaron los cascos, porque estaban en una iglesia, pero se los tuvieron que volver a poner al instante para protegerse de las goteras.

Frank miró a la madre Judith, que parecía feliz al ver que se le llenaba la iglesia. Con cierta inquietud, el chico siguió recitando el poema.

«Querido papá, eres mi mejor amigo...»

Pero antes de que pudiera leer el siguiente verso el sargento Chasco se le adelantó con gran regocijo:

«¡Y ahora mismo quedas detenido!»

CAPÍTULO
41
CULPABLE

La policía había encontrado abandonado en el campo el coche en el que los atracadores se habían dado a la fuga. La lluvia había quitado casi toda la pintura amarilla, dejando a la vista la bandera británica. No había duda de que aquel coche era **Reina**, y esa pista llevó la policía hasta su principal sospechoso, el propietario del vehículo, Gilbert Buenote. Lo detuvieron en la iglesia, se lo llevaron a la comisaría y lo encerraron en la cárcel. Pasaron semanas, hasta que por fin llegó el día del juicio. A nadie sorprendió que lo declararan...

—¡CULPABLE!

Así lo anunció el portavoz del jurado.

En la sala todas las miradas se volvieron hacia el juez Pilar, un anciano de expresión severa que ocupaba el centro del estrado en lo que parecía un trono. Iba envuelto en una holgada toga roja y llevaba una extraña peluca blanca encasquetada en la cabeza. En cuanto a Gilbert, estaba en el banquillo de los acusados, custodiado por el sargento Chasco, que parecía muy orgulloso de sí mismo. Más abajo estaban el jurado, los abogados, los ujieres y los agentes de policía. Arriba, en la galería, se sentaban las personas que asistían al juicio, incluidos Frank y la tía Flip. Unas pocas filas por detrás de ellos estaban Manilargo y Pulgarzón. Frank supuso que el señor Grande los había enviado para luego contárselo todo con pelos y señales.

—Señor Buenote, el jurado lo declara culpable de los delitos de los que se le acusa. Debo

añadir que me ha decepcionado usted profundamente —continuó el juez Pilar—. Tiene usted un hijo de corta edad, y sin embargo se ha metido en el mundo del crimen organizado. ¡Ha participado en el asalto a un banco, nada menos! ¡En el robo de medio millón de libras! Dinero, debo añadir, que no ha podido recuperarse. Usted tiene que saber dónde está escondido ese dinero, y sin embargo, señor Buenote, se niega a colaborar con la policía. No ha podido dar el golpe sin cómplices, pero no quiere darnos sus nombres, sin duda por fidelidad al código de honor de los delincuentes.

Frank miró por encima del hombro hacia Manilargo y Pulgarzón, que le dedicaron una sonrisa amenazadora.

—Para cualquier ciudadano honesto y respetuoso de la ley no hay ningún honor en lo que hace usted. Ninguno en absoluto. Es usted un bandido, señor Buenote. Y lo peor de todo, un mal padre. Un pésimo padre.

Estas palabras hicieron mucho daño a Gilbert. Miró a su hijo con los ojos llenos de lágrimas mientras el juez se disponía a dictar sentencia.

—¡Gilbert Buenote, yo lo condeno a cumplir diez años de cárcel!

NADIE DICE QUE NO

—¡PAPÁ! —gritó Frank mientras el sargento Chasco se llevaba a su padre esposado—. ¡NO! —El chico sollozaba. Para cuando lo soltaran, él ya sería un hombre hecho y derecho.

—¡Lo siento mucho, socio! —dijo Gilbert—. ¡Por favor, cuida de él, Flip!

—¡Lo haré! —contestó la mujer, sacándose el pañuelo de la manga para secar los ojos del chico—. No llores, Frank. Yo te cuidaré.

—Solo quiero a mi padre... —dijo el chico entre sollozos.

—Lo sé, lo sé. Siento no ser tu padre. Pero nos las apañaremos, ya lo verás. Ahora vámonos.

La tía Flip cogió a Frank de

la mano y lo condujo hacia la puerta, pero Manilargo y Pulgarzón se interpusieron en su camino.

—¡Con permiso! —dijo la mujer, pero los dos matones no se inmutaron.

—Menos mal que tu papaíto sabe tener la boca cerrada —insinuó Manilargo—. De lo contrario, quién sabe qué podría pasarte... o a él, en la cárcel.

—Mis seis hermanos están todos en el trullo —anunció Pulgarzón.

—Pues estarás orgulloso —replicó la tía Flip—. Haced el favor de apartaros.

Los dos hombres seguían cerrándoles el paso.

—¿Quiénes sois? —preguntó Flip.

—Unos amigos del padre del chico —contestó Manilargo.

—¡Menudos amigos! —exclamó Frank—. Ellos lo han metido en este lío.

Manilargo se llevó uno de sus largos y delgados dedos a los labios.

—Cuidadito con lo que dices.

—¡Dejadnos en paz! —exclamó el chico, intentando abrirse paso a la fuerza entre los dos esbirros.

—No tan deprisa, muchacho. Hemos venido a traerte una invitación —dijo Manilargo—. El señor

Grande quiere proponerte algo. Le gustaría que fueras a hacerle una visita.

—¡Ya le dije que la respuesta es NUNCA! —replicó el chico.

—¡DEJADNOS PASAR DE UNA VEZ! —exigió la tía Flip—. ¡O usaré la fuerza! —añadió blandiendo su bolso, lista para atizar con él a los dos hombres, llegado el caso.

—Nadie, y cuando digo nadie es nadie, le dice que no al señor Grande —replicó Manilargo. Entonces se hizo a un lado y fingió inclinarse ante Frank y la tía Flip, dejándolos pasar al fin. Estaban a punto de salir por la puerta cuando el matón añadió—: ¡Nadie que quiera *seguir* respirando, claro está!

CAPÍTULO

43

QUESO APESTOSO

Esa noche, en casa de la tía Flip, Frank empapó la almohada con sus lágrimas. La mujer lo oyó desde la cocina, que estaba en la planta baja, y le llevó una almohada seca. Se sentó en el borde de la camita de color rosa que había en su pequeña habitación de invitados del mismo color y acarició el pelo del chico.

—Ahora mismo, tesoro, es como si estuvieras atravesando una tormenta —dijo la tía Flip—, pero te prometo que, con el tiempo, irá escampando.

No fue así. Día tras día, Frank se sintió como si caminara bajo una lluvia torrencial, rodeado de **truenos** y *relámpagos.*

En el instituto le hicieron la vida imposible por tener un padre «en chirona». Si desaparecía algún objeto de valor, siempre le echaban la culpa a él. Una chica especialmente antipática de su clase dijo: «El viejo de Frank es un ladrón, y ya se sabe, de tal palo tal astilla».

Pero en el fondo Frank sabía que su padre no era un ladrón, sino un buen hombre que había hecho algo malo. Tenía una deuda que nunca podría pagar por querer lo mejor para su hijo. Ahora le tocaba a Frank hacer todo lo que pudiera para ayudar a su padre. Pero ¿cómo?

La casa de la tía Flip estaba llena de antigüedades, cachivaches varios y adornos de todo tipo. Apenas había sitio para el chico, pues todas las sillas, mesas y armarios estaban repletos de dedales de coleccionista, muñecas de porcelana, libros encuadernados en piel, figuritas de animales y anticuados osos de peluche.

La vida con la tía Flip no podía ser más distinta de la que había llevado junto a su padre. La mujer se sentaba a su lado mientras hacía los deberes y se aseguraba de que pusiera los puntos en todas las íes y los tracitos en todas las tes. A veces hasta se dedicaba a corregir las faltas ortográficas de los profesores.

—¡Lamento decir que tu profesora de Historia es una ignorante! ¡Ni siquiera sabe escribir «Bayeux»!

Nunca, pero nunca jamás, cenaban patatas fritas de bolsa. La tía Flip se empeñaba en prepararle todas las noches una de sus quiches, que a Frank siempre le parecían vomitivas. Era la **Reina de la quiche.** Apenas comía otra cosa.

Sus recetas no eran aptas para mayoría de los paladares:

Quiche de cebolla y remolacha en vinagre
Quiche de huevos y repollo al curry
Quiche de queso apestoso y nabo
Quiche de perdiz, chirivía y pera
Quiche de fiambre de cerdo enlatado
Quiche de anguilas y alcachofas
Quiche de gambas y huevos de gaviota
Quiche de coles de Bruselas y queso de cabra

Después de cenar, su única fuente de entretenimiento era la «*hora de la poesía*», que pese a su nombre solía alargarse durante dos o tres horas.

—El siguiente se titula «Oda a un árbol», y lo he escrito yo —anunciaba la tía Flip toda orgullosa, y se ponía a leer el poema en voz alta.

> *¡Oh, arbolito, arbolito!*
> *¡Oh, arbolito tan bonito!*
> *Te veo mecerte en la brisa*
> *como si te entrara la risa*
> *y pienso que me encantaría*
> *mecerme en tu compañía,*
> *pero luego pienso: ¡qué dices!*
> *¡Tú nunca tendrás raíces!*

—¡Zzzz! ¡Zzzz! ¡Zzzz! ¡Zzzz!

El chico fingía haberse quedado profundamente dormido, pues era la única manera de conseguir que la tía Flip parara.

Los días se convirtieron en semanas, las semanas en meses, y el cariño fue surgiendo entre la extraña pareja que formaban Frank y su tía abuela. El chico aprendió a quererla. La tía Flip había sido muy buena con él cuando más lo necesitaba. El día que su padre entró en la cárcel, pensó que tal vez su madre lo llamaría, pero nunca lo hizo. Solo le quedaba la tía Flip.

Frank y ella no tardaron en adaptarse a sus nuevas rutinas diarias. Los **viernes** por la noche visitaban la biblioteca del pueblo, donde trabajaba Flip, y el chico se olvidaba de sus problemas durante un rato mientras se perdía entre las páginas de los libros.

Hasta aprendió a amar la poesía.

Los **sábados** por la mañana salían a pasear por el parque. La tía Flip le daba una moneda para que pidiera un deseo en el pozo, pero el deseo de Frank nunca se hacía realidad. Su padre seguía encerrado en la cárcel.

Los **domingos** por la mañana la tía Flip se lo llevaba a la iglesia, donde eran los únicos feligreses. Todas las noches, la mujer sacudía su mantel bordado y ponía la mesa para ambos, así que cuando una noche apareció un tercer plato en la mesita de madera del comedor, el chico se preguntó quién más vendría a cenar.

CAPÍTULO

44

LLUVIA DE ESTORNUDOS

—¡Qué alegría volver a verte, joven Frank! —saludó la mujer cuando el chico fue a abrir. Llevaba en la mano un ramo de flores silvestres.

—Hola, madre Judith —dijo Frank. Durante unos instantes se quedaron los dos allí plantados como pasmarotes.

—¿Puedo pasar? —preguntó la mujer al fin.

—¡Si es la madre Judith, invítala a pasar enseguida! —ordenó la tía Flip desde la cocina.

—Qué bien, para variar —comentó la madre Judith.

La tía Flip salió a recibir a su invitada luciendo su vestido más vaporoso y floral, y se emocionó bastante al ver el ramo.

—¿Son para mí? —preguntó.

—¡Claro! —contestó la párroca—. Las he cogido yo misma.

—Nadie me había regalado flores nunca. Muchísimas gracias.

La tía Flip acercó la nariz a las flores y acto seguido estornudó sobre el ramo.

—¡ACHÍS!

—¿Estás bien? —preguntó la madre Judith.

—Sí, sí. Soy un poquitín alérgica a las flores, pero me chiflan. —La tía Flip las puso en un jarrón y las dejó sobre la mesa del comedor—. ¡ACHÍÍÍS! —volvió a estornudar, esta vez con más fuerza.

—¿Así que nunca te has casado...? —preguntó la párroca.

—¿Que si nunca me he casado? —contestó la tía Flip medio en broma—. ¡Ni siquiera he besado a nadie!

—¿De veras? —preguntó la madre Judith.

—Qué va. Ni una sola vez. Hace años que ni pienso en todas esas bobadas románticas.

La idea de vivir toda la vida sin conocer el amor era tan deprimente que ni Frank ni la madre Judith supieron qué decir.

Por suerte, la tía Flip se encargó de romper el silencio.

—¡La cena está lista! —anunció.

Se sentaron los tres a la mesa.

—¡Espero que os guste la quiche de conejo y diente de león! —anunció la anfitriona.

El chico hizo una mueca.

—Nunca la he probado —contestó la párroca—, pero seguro que estará deliciosa. Demos las gracias.

La tía Flip cerró los ojos como si estuviera rezando, así que el chico hizo lo mismo.

—Dios mío, bendice esta quiche que vamos a comer. Y bendice a la feligresa tan especial que la ha cocinado. Amén.

—Amén.

—Amén —repitió Frank, aunque no conocía el significado de la palabra.

La madre Judith probó un bocado de quiche y puso cara de asco.

—¿Qué te parece? —preguntó la tía Flip.

—¡Deliciosa! —mintió la mujer.

Por algún motivo, las quiches de la tía Flip siempre quedaban correosas y duras como una piedra.

—Cuánto me alegro. ¿Qué tal todo en la iglesia, madre Judith?

—Puedes llamarme Judith a secas.

Las dos mujeres se echaron a reír como colegialas. El chico se sentía como una carabina, allí sentado entre ambas.

—¿Qué tal va todo en la iglesia, Judith? ¡ACHÍÍÍS! —volvió a estornudar—. Perdona, Judith. Creo que sin querer te he mojado con mi lluvia de estornudos.

—No pasa nada —dijo la párroca, quitándose los mocos del ojo.

—A Frank y a mí nos dio mucha pena no poder ir a misa este domingo. Dile a Judith dónde estábamos, Frankie.

—En un concurso organizado por el círculo de poesía —contestó el chico con un suspiro, recordando lo mucho que se había aburrido durante todo el fin de semana.

—Vaya, ¿y qué tal fue? —preguntó Judith.

—Muy bien —contestó la tía Flip—. ¡Quedé en el puesto noventa y siete!

—Felicidades. ¡Noventa y siete!

—Gracias.

La tía Flip se puso colorada de orgullo.

—¿Cuántos concursantes había?

—Noventa y ocho —contestó Frank.

—Bueno, no está mal —repuso Judith, intentando ver el lado positivo.

—Había una poetisa a la que descalificaron por morder a una de sus adversarias —añadió la tía Flip—. La acusó de haberle robado una rima. Había rimado «**aseo**» con «**perreo**».

—Vaya por Dios —comentó Judith, que parecía haber perdido el apetito.

—Eso fue lo único divertido que pasó —añadió Frank con una sonrisa.

—¡De eso nada! —replicó la tía Flip—. Como es de suponer, el círculo de poesía no tolera la violencia.

—Es de suponer.

—¡ACHÍÍÍS!

Una nueva lluvia de mocos atravesó la mesa, empapando a la párroca.

—¿Y si apartamos las flores? —sugirió la madre Judith.

—Sí, seguramente será lo mejor. Frank, hazme el favor, anda.

El chico cogió el jarrón y lo llevó a la cocina.

—Dime, ¿cuántos feligreses había en la iglesia el domingo? —preguntó la tía Flip.

La madre Judith no parecía tener muchas ganas de contestar.

—Solo uno —murmuró.

—No está mal, Judith. Por lo menos vino alguien.

—Qué va, lo que pasa es que me he contado a mí misma —replicó la párroca.

—Vaya por Dios.

—Y que lo digas.

Frank volvió al comedor y anunció:

—Sabe, mi padre y yo iremos a la iglesia todos los domingos...

Las dos mujeres se miraron, desconcertadas. ¿De qué estaba hablando el chico? Su padre se enfrentaba a una pena de diez años. No pisaría la iglesia en mucho tiempo.

—...si me ayuda usted a sacarlo del truño.

CAPÍTULO

45

EL GRAN PLAN

—¡Que estás hablando con una párroca! —exclamó la madre Judith.

—¡Y con una bibliotecaria! —exclamó la tía Flip.

—No podemos ayudarte a sacar a tu padre del... trullo, creo que la palabra correcta es trullo.

—¡PRIMERO ESCUCHADME, POR FAVOR! —suplicó el chico.

Entonces las palabras salieron a borbotones de su boca y les contó la parte de la historia que no conocían: que su padre había pedido un préstamo al malvado señor Grande, que la deuda se había ido multiplicando, que lo habían obligado a participar en el asalto al banco. Que Gilbert no había dicho la verdad en el juicio para impedir que los matones del señor Grande, Manilargo y Pulgarzón, hicieran daño a su hijo. El chico concluyó el alegato diciendo:

—El juez se equivoca. Mi papá no es un mal padre. Es un buen hombre que ha hecho algo malo. Pero solo lo hizo para protegerme. No merece estar en la cárcel. Tenemos que ayudarlo a escapar.

Las dos mujeres se miraron en silencio. La madre Judith fue la primera en tomar la palabra:

—No hay duda de que se ha cometido una gran injusticia con tu padre. Ojalá pudiéramos hacer algo para repararla.

—Pero con todos los respetos, Judith, un clavo no saca otro clavo —afirmó la tía Flip, y volviéndose hacia Frank, añadió—: Lo siento, pero nos pides que te ayudemos a hacer algo que está mal, rematadamente mal. Te prometo que esos diez años pasarán sin que te des cuenta.

Estas palabras hicieron que Frank montara en cólera.

—¡Diez años! ¿Diez años? ¡Para entonces tendré veintiuno! ¡Seré un vejestorio!

El chico se levantó bruscamente y volcó la silla sin querer.

¡PUMBA!

—¿Sabes qué te digo, tía Flip? ¡**Odio** la quiche! ¡Y la *poesía*! ¡Quiero que vuelva mi padre! ¡Y si no quieres ayudarme lo haré yo solito!

Frank se fue corriendo del comedor y subió a toda prisa las escaleras hasta su habitación.

—¡FRANKIE! —lo llamó la tía Flip.

El chico cerró dando un portazo y se acostó en su camita de color rosa, en la que no le cabían las piernas. Apenas oía lo que las dos mujeres decían allá abajo. Cogió el vaso vacío que tenía sobre la mesilla de noche, se bajó de la cama, pegó el vaso al suelo y el oído a la base del vaso.

—Esos dos matones a sueldo están sembrando el terror por todo el pueblo —dijo Judith—. Alguien tiene que pararles los pies. Hasta han robado el cáliz de oro de la iglesia.

—¡Es espantoso! Yo tuve que encararme con ellos el día del juicio. Menuda pareja de indeseables.

—No es justo que el padre del chico esté pagando por sus fechorías.

—No olvides que él conducía el coche en el que se dieron a la fuga. De eso no podrá librarse. Gilbert cometió un grave delito.

—¡Pero solo lo hizo para proteger a su hijo!

—Ay, qué desastre. Pero si mi sobrino intentara escapar de la cárcel acabarían deteniéndolo y volverían a meterlo entre rejas, ¡con una sentencia más larga!

—Ya, pero algo tenemos que hacer.

—Ojalá hubiese alguna manera de devolver todo el dinero robado.

¡TILÍN!

Una idea iluminó de pronto el cerebro del chico. Eso era lo que podía hacer para ayudar a su padre: devolver el dinero al banco. ¿Cómo iban a culpar a Gilbert del robo si no había tal robo?

Temblando de emoción, Frank anotó las líneas maestras de su plan con letra temblorosa.

EL GRAN PLAN

1. Colarme en la mansión del señor Grande.
2. Robar medio millón de libras de su caja fuerte.
3. Colarme en el banco.
4. Dejar medio millón de libras en la cámara acorazada.

Era un plan sencillo pero infalible. Solo había un problema. El chico no tenía ni la más remota idea de cómo llevarlo a la práctica. Lo único que sabía era que no podía hacerlo solo. Necesitaba la ayuda de un adulto. Pero ¿quién?

CAPÍTULO 46

UN ACERTIJO

Solo había una persona, de todas las que Frank conocía, que pudiera aconsejarlo. El simpático quiosquero del pueblo.

¡TILÍN!

—¡Ah, mi cliente preferido! —exclamó Raj al ver al chico. El hombre intentó mostrarse tan dicharachero como de costumbre, pero había tristeza en su mirada. Estaba barriendo cristales rotos del suelo porque alguien le había destrozado la luna del escaparate.

—¿Estás bien, Raj? ¿Qué ha pasado?

El quiosquero cogió un ladrillo del mostrador.

—Esto ha atravesado el escaparate en mitad de la noche. Venía con una nota pegada. Mira.

La nota ponía:

200 LIBRAS / SEMANA
O LA PRÓXIMA VEZ
TE DARÁ EN LA CABEZA.

—¿Manilargo y Pulgarzón? —preguntó Frank.

—Por supuesto.

—Alguien tiene que pararles los pies.

—Desde luego que sí. No sé de dónde voy a sacar tanto dinero.

—Lo siento, pero no llevo nada encima.

—No pasa nada, joven Frank. Sé que lo estás pasando mal con tu padre en la cárcel. —Raj lo rodeó con el brazo—. Por favor, coge lo que te apetezca, invita la casa.

—¿De verdad? —Frank no podía creerlo.

—Sí, coge todo lo que quieras.

—¡Uau! Gracias, Raj.

—Mientras no pase de **ocho peniques.**

—Ah.

El chico no podía disimular su decepción. Cogió la chocolatina más pequeña que vio.

—Eso cuesta **diez peniques**, jovencito.

—Ah.

—Pásamela, por favor —dijo Raj, haciendo señas. El chico así lo hizo. Entonces el quiosquero abrió el envoltorio de la chocolatina, le dio un mordisco y se la devolvió a Frank.

—Le he dado un bocado de **dos peniques.** Aquí tienes. Ahora estamos en paz.

—Gracias, Raj. —Frank estaba demasiado hambriento para preocuparse por el **RASTRO DE BABAS** que Raj había dejado en la chocolatina, y se la comió de un bocado—. Sabes, en realidad mi padre no es culpable del asalto al banco.

—No me cabe duda. Tu padre es un buen hombre.

—¡Manilargo y Pulgarzón lo obligaron a hacerlo!

—Eso me cuadra. Y ahora se pasean a sus anchas, amenazando a todos los habitantes del pueblo, mientras tu pobre padre está entre rejas.

—No lo soporto.

—Me lo imagino. Te regalo un caramelo de los de un penique.

—Gracias, Raj —contestó Frank, guardando un caramelo de frambuesa en el bolsillo para más tarde—. Mi padre se vio atrapado por una deuda que aumentaba sin parar, hasta que se le fue de las manos. Solo pretendía ayudarme, y ahora soy yo quien debe ayudarlo a él. Lo único que necesito es robar a los verdaderos ladrones el **medio millón de libras** que ellos sacaron del banco y devolver el dinero a sus legítimos dueños.

Raj reflexionó sobre las palabras de Frank.

—Si no hay robo, tal vez el juez decida soltar a tu padre.

—¡Eso mismo he pensado yo!

—Pero ¿cómo demonios vas a robar el dinero y devolverlo al banco?

El chico clavó los ojos en el suelo.

—No tengo ni idea.

—Ah —repuso el quiosquero—. Lo siento, pero tampoco se me ocurre nada.

—La única persona de las que conozco que podría ayudarme a hacer todo eso es mi padre —apuntó Frank.

—Bueno, siempre puedes esperar diez años y hacerlo cuando él salga de la cárcel.

Frank miró al quiosquero, pensando que no podía ser tan corto.

—Eso no tendría sentido, Raj, porque para entonces ya habría cumplido la pena.

—Ah, claro. ¡Qué tonto soy! —exclamó el quiosquero, dándose una bofetada.

—Para sacar a mi padre de la cárcel tengo que sacarlo de la cárcel.

Raj parecía confuso.

—Eso suena a acertijo, pero sí, tienes razón. El problema es que tu padre está encerrado en la cárcel de alta seguridad más inexpugnable de todo el país. En cien años, nadie ha escapado jamás de la **Cárcel de Malandanza.**

—¿En serio?

—Allí mandan a los delincuentes más peligrosos.

—¡No es justo! —explotó el chico—. Mi padre

no merece estar allí. Odio estar separado de él y tener que vivir con la tía Flip.

De pronto, Raj recordó algo.

—Ahora que lo dices, tu tía Flip ha venido a la tienda esta mañana. Quería saber si tenía ganso.

—¿Ganso?

—Dijo que lo necesitaba para hacer una quiche.

—¡Oh, no! Eso será mi cena de esta noche.

—Le he dicho que pruebe a cazar uno de los gansos que viven en el lago. Era la primera vez que entraba en mi tienda.

—¿Y cómo has sabido que era ella? —preguntó el chico.

—Porque es el vivo retrato de tu padre. Mayor, claro está, y en versión femenina, pero el parecido es innegable. Tiene las mismas orejas de soplillo que tú. ¡Sin ánimo de ofender!

—No me ofendes —mintió el chico.

—Le he preguntado si tu padre y ella eran familia, y me ha dicho quién es. ¡Yo los hubiese tomado por gemelos!

Gilbert y la tía Flip

Ojos
pequeños

Orejas
de
soplillo

Barrigota

Manos
pequeñas

Pie
menudo

Ojos
pequeños

Orejas
de
soplillo

Barrigota

Manos
pequeñas

Pies
menudos

—¿Tú crees? —preguntó Frank, arrugando la frente.

—¡Ponle unas gafas a tu padre y nadie lo distinguiría de su tía!

—¡Ja, ja, ja! —se rio el chico, pero entonces el plan empezó a tomar forma en su mente y añadió, abriendo mucho los ojos—: ¡Raj, eres un genio!

—¿De veras?

—¡YA LO CREO! —El chico estaba tan contento que tenía ganas de ponerse a bailar. Se abalanzó sobre Raj y le plantó un gran beso en la cabeza—. ¡Gracias, gracias, gracias!

—¿Qué he dicho? —El quiosquero no entendía nada.

—¡Lo siento, Raj, pero de momento es un secreto!

¡TI*LÍN*!

El chico se escabulló calle abajo. Lo único que tenía que hacer era convencer a la tía Flip para que ocupara el lugar de su padre en la cárcel. Tan difícil no sería, ¿verdad?

CAPÍTULO

47

¿DE DÓNDE HAS SACADO EL GANSO?

—¡NO! —gritó la tía Flip—. ¡NO, NO, NO Y MIL VECES NO! ¡NI HABLAR DEL PELU-QUÍN!

—¿Entonces es que no? —preguntó Frank.

—¡SÍ! ¡Es que NO! Acábate la quiche de ganso y garbanzos.

Estaban los dos sentados a la mesa en el comedor de la tía Flip. En el fondo, el chico ya intuía que a su tía abuela no le haría demasiada ilusión ir a la cárcel para que su padre pudiera salir, pero no pensaba rendirse.

Le dio un mordisco a la quiche. Como de costumbre, sabía a rayos.

—Tía Flip...

—Dime.

—¿De dónde has sacado el ganso?

La mujer parecía avergonzada.

—De una tienda.

—¿Qué tienda?

—La tienda de ganso —contestó la tía Flip, evitando mirarlo a los ojos. Nerviosa, se levantó de la mesa y se fue a la cocina. Frank aprovechó la oportunidad para tirar el resto de la quiche por la ventana.

¡ZAS!
¡PLOF!

Por desgracia, no se había dado cuenta de que la ventana estaba cerrada. La quiche se estampó contra el cristal y resbaló hacia abajo.

—Glups.

El chico tragó saliva, se levantó corriendo e intentó limpiar con la manga los trocitos de ganso, garbanzo y masa que habían quedado pegados al cristal. Luego llevó el plato vacío a la cocina.

—Estaba buenísima, tía Flip —mintió.

Aquellas palabras le llegaron al alma. Nadie la había felicitado nunca por sus quiches.

—Vaya, gracias. ¿Te apetece un poco más?

—**No, no, no** —contestó el chico, quizá de un modo demasiado tajante—. Estoy llenísimo. Pero estaba de rechupete. Es una de tus mejores cincuenta quiches de todos los tiempos. Venga, hoy friego yo los platos.

—Qué bueno eres, Frank. Gracias. Yo los iré secando.

Frank se plantó delante del fregadero y empezó a lavar los platos. Había comprendido que, si quería engatusar a su tía para que lo ayudara, tendría que hacerlo con delicadeza.

—La madre Judith es una señora muy inteligente, ¿verdad?

—Sí, ya lo creo.

—Deberías invitarla a cenar otra vez —sugirió el chico mientras le pasaba un plato recién lavado.

—Ya veremos —replicó la tía Flip.

—¿No quieres invitarla?

—No lo sé. Tengo miedo.

—¿Miedo de qué?

—De lo que pueda pasar entre nosotras. Verás, Frankie, Judith me gusta. Me gusta mucho.

—Pero eso no es motivo para tener miedo, digo yo.

La mujer soltó un suspiro.

—Toda mi vida ha estado gobernada por el miedo. Seguramente por eso nunca he besado a nadie.

—Puede. Pero entonces esta podría ser la ocasión perfecta para cambiar.

El chico dejó que sus palabras calaran en la mente de la tía Flip.

—¿Exactamente cuánto tiempo tendría que pasar en la cárcel, fingiendo ser tu padre? —preguntó la mujer con cautela.

—Solo una noche —contestó el chico como si tal cosa—. Una sola noche entre rejas. Te lo podrías plantear como unas minivacaciones. En cuanto papá salga de la cárcel, le robaremos el dinero al señor Grande y volveremos a dejarlo en el banco. Al día siguiente os damos el cambiazo de nuevo y listos. Asunto resuelto.

—¿A primera hora de la mañana?

—Claro, a primera hora.

—He oído decir que el desayuno en la cárcel no es gran cosa.

—No tienes que desayunar si no quieres.

—No sé yo.

—Tómatelo como una aventura.

—Nunca he vivido una aventura.

—Pues ya va siendo hora de que lo hagas. ¡No me sorprendería nada que Judith te viera como una heroína después de esto!

—¿Tú crees?

—Estoy seguro.

La tía Flip respiró hondo.

—Frankie, lo más emocionante que he hecho en la vida fue ponerle una multa de veintitrés libras a un usuario de la biblioteca que devolvió un libro con un año de retraso —confesó—. Todo esto es demasiado...

—¿Excitante...? —dijo el chico.

—¡Sí, eso es! ¡Excitante! —El rostro de la mujer se iluminó de emoción—. ¡No demasiado excitante, sino excitante y punto! ¡Frank, esto es de locos, pero cuenta conmigo!

—¡BIEN!

CAPÍTULO

48

MALANDANZA

El sábado era el día de visita en la cárcel. A Frank esa semana se le hizo eterna. La **Cárcel de Malandanza** era un enorme y feo edificio rodeado por un enorme y feo muro. El horario de visita era muy estricto, y Frank y la tía Flip se sumaron a la larga cola de gente que daba la vuelta al muro. Había mujeres embarazadas que vestían mallas ceñidas, niños que

gritaban, madres llorosas, hombres con la cabeza rapada que daban mucho miedo y mujeres con la cabeza rapada que daban más miedo todavía.

La tía Flip llevaba una quiche recién hecha, de pichón y ciruelas, metida en una lata. Era un regalo para el padre de Frank.

El problema era que estaba tan nerviosa que la lata traqueteaba sin parar entre sus manos, como si llevara dentro un centenar de ranas saltarinas.

¡CHIQUICHAQUE!

¡CHIQUICHAQUE!

¡CHIQUICHAQUE!

—Intenta no hacer tanto ruido, tía Flip! —le susurró Frank—. Todo el mundo nos está mirando.

La mujer echó un vistazo a su alrededor y comprobó que había cientos de ojos observándola atentamente. Hasta los niños que antes estaban berreando habían dejado de hacerlo para mirarla **boquiabiertos**.

—¡No sé qué miráis! —anunció la tía Flip. Lo único que consiguió fue parecer culpable o chalada, o peor aún, ambas cosas a la vez—. Solo es una quiche en una lata. ¡No me hagáis ni caso!

Frank le arrebató la lata de las manos.

—No pierdas los nervios y todo irá bien —le dijo el chico para tranquilizarla—. Será coser y **cantar**.

—¡Coser y **cantar**! ¡No he pegado ojo en toda la semana!

La tía Flip se había pasado la mañana cortándose el pelo y peinándolo de forma que se pareciese lo más posible al de su sobrino. También se había puesto su vestido más **largo** y holgado con la esperanza de que el hombre cupiera en él.

El plan era que, en el momento justo, Frank dejaría caer la quiche al suelo, y entonces la tía Flip y su padre se meterían debajo de la mesa para recoger los trozos y aprovecharían para intercambiarse la ropa. Si todo iba según lo previsto, Gilbert se marcharía de la cárcel haciéndose pasar por la tía Flip, mientras esta se quedaba entre rejas haciéndose pasar por él. ¿Qué podía salir mal?

—¿Qué lleva en esa lata? —preguntó el celador con malos modos cuando entraron en la sala de visitas. En su placa ponía **Sr. Peonza.** Era difícil no fijarse en él, con aquel ojo saltón de vidrio que daba vueltas como una peonza incrustada en su cabeza.

—Una qui-qui-qui... —La tía Flip se puso tan nerviosa que no le salían las palabras.

El celador miró a la mujer.

—¿Qué es una qui-qui-qui?

—¡Una quiche, señor Peonza! —exclamó Frank, abriendo la

lata para demostrarlo. A veces la gente intentaba introducir cosas prohibidas en la cárcel —alcohol, teléfonos móviles, armas, etcétera—, por lo que lo registraban todo. El señor Peonza metió la nariz dentro de la lata y olisqueó la quiche. Se le puso la cara **verde**.

—¿Qué demonios es esto? —preguntó.

—Quiche de pichón y ciruelas —contestó la tía Flip, toda orgullosa.

—¡Puaj! —exclamó el señor Peonza—. ¡Pasad! ¡Rapidito, venga!

Frank y la tía Flip entraron tímidamente en la sala de visitas. Allí dentro todo era de color gris: paredes grises, muebles grises, gente gris. Gilbert estaba sentado en el otro extremo de la habitación, con su mono gris de presidiario. En cuanto vio a su hijo, se levantó de un brinco con lágrimas en los ojos. El hombre parecía alegre y triste al mismo tiempo.

—¡SOCIO! —gritó.

—¡PAPÁ! —exclamó Frank, echando a correr hacia él con los brazos abiertos de par en par.

Padre e hijo se unieron en un gran abrazo que ninguno de los dos hubiese querido deshacer jamás.

—Cuánto me alegro de verte, socio —dijo Gilbert, emocionado.

—No más que yo de verte a ti. Te he echado mucho de menos. Papá... —añadió en susurros.

—¿Sí?

—Todo esto te parecerá muy raro, pero tienes que confiar en mí. Voy a sacarte de aquí.

—¿SACARME?

—Baja la voz, papá —susurró el chico.

—Perdona.

—Tienes que confiar en mí y hacer exactamente lo que te diga.

La tía Flip se había reunido con ellos y estaba detrás de Frank.

—Buenas tardes. ¡Te he hecho una quiche! —anunció, un poco distante.

—Ah, gracias, tía Flip —contestó Gilbert con una sonrisa forzada. El hombre se había criado comiendo las terribles quiches de su tía, y se consideraba afortunado por seguir con vida.

—Sentémonos y charlemos un poco, ¿de acuerdo? —sugirió el chico mientras el celador daba vueltas por la sala, controlando a todo el mundo.

Cuando el señor Peonza estaba demasiado lejos para poder oírlos, Frank dijo en susurros:

—Ahora voy a dejar caer la quiche al suelo y va a romperse. La tía Flip y tú os meteréis debajo de la mesa fingiendo recoger los trozos, pero en realidad vais a intercambiaros la ropa que lleváis puesta.

—¡¿Cómo?! —replicó su padre.

—Confía en mí, papá. Esta noche, tú y yo vamos a devolver al banco el dinero robado para que puedas salir de aquí de una vez por todas.

—¡Socio! —Los ojos de Gilbert se iluminaron—. Eres un **genio**. ¡Está claro que has salido a mí!

—Si fueras un **genio** no estarías aquí metido —observó la tía Flip con retintín.

El hombre la fulminó con la mirada.

—¡Tengamos la fiesta en paz! —pidió el chico, sosteniendo la quiche—. Voy a dejar caer esto en tres, dos, uno...

¡CATAPLÁN!

La quiche no se rompió.

Lo que hizo fue re-botar.

Frank la cogió al vuelo.

—¿Qué demonios les metes a estas cosas? —preguntó Gilbert.

—Jamás revelo mis recetas secretas —replicó su tía.

—¡Vuelve a probar! —sugirió Gilbert.

El chico tiró la quiche al suelo otra vez...

¡B^OING!

... pero volvió a rebotar y esta vez se estampó contra el techo.

¡PLAF!

Y allí se quedó.

—Oh, no... —dijo Frank.

Se quedaron los tres mirando hacia arriba.

—¿Y ahora qué hacemos? —preguntó Gilbert.

—Súbeme a hombros —dijo el chico.

Su padre lo aupó rápidamente.

—¿Qué estáis haciendo? —preguntó el señor Peonza.

—¡Ah, verá, la quiche se me ha escapado de las manos! —mintió la tía Flip.

—¿Y ha acabado pegada al techo? —preguntó el celador.

—Bueno, es una quiche de pichón, así que a lo mejor ha echado a volar —repuso la mujer.

Frank arrancó la quiche del techo.

—¡Ya la tenemos! ¡Gracias, señor!

—¡Sentaos los tres! —ordenó el señor Peonza.

Hicieron lo que les decía el celador, pero en cuanto se dio la vuelta Frank pasó a la acción.

—¡Un último intento! —dijo el chico.

—Cruzo los dedos —repuso su padre.

Frank arrojó la quiche al suelo con todas sus fuerzas.

¡CATAPUMBA!

Y esta vez se rompió en mil pedazos.

—¡Vaya! ¡Se me ha caído la quiche! —anunció el chico para que lo oyeran todos en la sala de visitas.

Los dos adultos se metieron rápidamente debajo de la mesa.

¡El plan estaba en marcha!

CAPÍTULO

49

¡ZASCA!

Justo cuando el quisquilloso del celador, el señor Peonza, empezaba a sospechar que aquellos dos tramaban algo porque llevaban demasiado tiempo debajo de la mesa, la tía Flip salió de su escondite y ocupó la silla de Gilbert. Sin las gafas, y llevando puesto el mono de presidiario, era fácil confundirla con su sobrino.

Entonces Gilbert trepó hasta la silla de la tía Flip. Frank tuvo que contener la risa al ver a su padre luciendo uno de los vestidos más *vaporosos* de la mujer. Las gafas le suavizaban las facciones, y a cierta distancia hasta era posible que lo confundieran con la bibliotecaria.

—¡Deja ya de reírte, socio! —susurró Gilbert—. Que nos vas a delatar.

—Lo siento, papá.

—Yo creo que estoy bastante bien —dijo Gilbert—, aunque no veo ni torta con estas gafas. Madre mía, qué gruesas son.

—¡Yo tampoco veo ni torta! —replicó la tía Flip.

Gilbert miró sus propios pies.

—¡Oh, no!

—¿Qué pasa, papá?

—Os habéis olvidado de algo. ¡Mi prótesis!

El chico miró debajo de la mesa. El pie y el tobillo de madera de su padre asomaban por debajo del vestido.

—¿A qué viene tanto cuchicheo? —preguntó el señor Peonza, haciendo rodar la porra entre las manos.

—No es nada, señor Peonza —dijo Gilbert fingiendo una voz aguda.

—No es nada, señor Peonza —contestó la tía Flip fingiendo una voz grave.

El chico no pudo evitar mirar el pie de madera de su padre.

El celador se dio cuenta y se le fue el ojo, el único que tenía, en la misma dirección.

—¡Señora, no recuerdo que tuviera usted una prótesis de madera al entrar! —bramó.

De pronto, todas las miradas de la sala se concentraron en el grupito del rincón.

—¡Desde luego que la tenía, señor Peonza! —replicó Gilbert, y le salió un gallo al intentar imitar una voz femenina—. ¡De roble macizo!

—Pero tú también tienes una pierna de madera —dijo el celador, y su ojo se volvió hacia la tía Flip, disfrazada de Gilbert.

—¡Así es, nos viene de familia! —contestó la mujer.

Frank quería que se lo tragara la tierra.

—Bueno, tía Flip, será mejor que vayamos tirando —dijo el chico, loco por salir de allí antes de que el celador descubriera el pastel.

—Tienes toda la razón —replicó la tía Flip, levantándose de la silla.

—¡Me refería a esta tía Flip! —dijo Frank, cogiendo a su padre del brazo.

—¡Ah, sí, por supuesto! —repuso la mujer—. ¡Será mejor que vuelva a mi celda, esté donde esté!

—¡QUIETOS PARADOS! —bramó el señor Peonza—. Quiero comprobar si sois quienes decís que sois. ¡Quietos, he dicho! Veamos si es verdad que tiene usted una pierna de madera. ¡Si la tiene, esto no le dolerá en absoluto!

La tía Flip se quedó inmóvil mientras Frank y su padre la miraban con el corazón en un puño. El señor Peonza blandió la porra y la golpeó en la pierna con fuerza.

¡ZASCA!

Hay que decir que la tía Flip no gritó de dolor, sino que apretó los labios y se contuvo heroicamente. Eso fue cuanto bastó para convencer al señor Peonza.

—¡**Largo de aquí, venga!** —ordenó.

La tía Flip se fue de la sala cojeando, lo que por supuesto hacía más creíble su pierna de madera inventada. Como no llevaba las gafas, se dio de morros contra un celador.

—¡Vaya, usted perdone! —dijo.

Frank cogió a su padre del brazo y lo sacó a toda prisa de la sala de visitas. Cuando estaban a punto de salir por la puerta, un hombre grande como un armario les cerró el paso.

—¡CACHIS! ¡Perdón! —dijo el chico, dándose de bruces con el gigante.

Al levantar la mirada, se dio cuenta de que lo conocía bien, demasiado bien incluso.

Era Pulgarzón.

CAPÍTULO

50

SIETE HERMANOS

Pulgarzón estaba acompañado por dos chicos de aspecto aterrador. Eran igual de altos que otros niños de su edad, pero tenían la mirada fría y dura de los adultos.

—Eres tú —gruñó Pulgarzón.

—Sí, soy yo —contestó Frank—. Bueno, me encantaría quedarme a charlar contigo, pero tengo que irme. Vamos, tía Flip —añadió, tirando de la manga del largo vestido *floreado* de su padre.

—¡Grrr! —Los dos chicos recibieron con un gruñido a Frank y la extraña mujer que lo acompañaba, y se plantaron delante de ellos.

El sudor empañó las gafas de Gilbert. Era evidente que estaba nervioso. ¿Lo reconocería Pulgarzón?

—¿Nos dejáis pasar, por favor? —pidió Frank.

—Tom, Jerry... —dijo Pulgarzón.

—¿Sí, tío Pulgarzón? —contestaron al unísono.

—Este es el chico del que os hablaba. El anterior dueño de vuestro circuito de carreras.

A Frank se le cayó el alma a los pies. Aquellos dos monstruos tenían su juguete **preferido** de todos los tiempos.

—En fin, es un consuelo saber que está en buenas manos
—mintió Frank.

—Qué va, lo hemos des-
trozado —reveló Tom con
una sonrisita.

—Y luego nos lo hemos comi-
do —añadió Jerry.

—Espero que no os siente mal —replicó Frank,
pero su expresión sugería que eso era exactamente lo que deseaba.

Entonces Pulgarzón se fijó en aquella señora de
aspecto peculiar que intentaba esconderse detrás
de Frank.

—¿Y tú quién eres? —preguntó.

—¡Ah, es mi tía abuela! —se adelantó Frank—.
La tía Flip. La viste en el juicio de mi padre, ¿recuerdas?

El hombre armario escudriñó a la «mujer» de
arriba abajo.

—Te veo distinta.

—Es que han pasado varias semanas y me he hecho
un poquitín más vieja —contestó Gilbert, esforzán-
dose por imitar la voz de la tía Flip.

—¡Chicos, tenéis que venir a jugar a mi casa un

día de estos! —dijo Frank—. Ah, Pulgarzón, gracias por no meterme los pulgares en las orejas. Venga, tía Flip, tenemos que irnos ahora mismo.

La pareja se escabulló como pudo bordeando al grupillo.

—Hay algo en esa mujer que no me acaba de cuadrar —farfulló Pulgarzón.

—Es casi tan fea como tu madre —apuntó Tom.

—Nadie es tan feo —añadió Jerry.

Frank y su padre no miraron atrás. Enfilaron el pasillo lo más deprisa que pudieron, aunque la prótesis de Gilbert los retrasaba.

—¡La última vez no cojeabas! —dijo Pulgarzón, levantando la voz.

—¡**Corre**! —susurró Frank.

En cuanto doblaron la esquina, preguntó:

—Papá, ¿crees que Pulgarzón se ha dado cuenta de quién eres?

—No lo sé. Es más corto que las mangas de un chaleco, pero sus seis hermanos están todos entre rejas, así que tiene ojos y oídos por toda la cárcel. La tía Flip tendrá que andarse con mucho cuidado.

He aquí a los hermanos de Pulgarzón:

Araña. Tenía el rostro cubierto por el tatuaje de una telaraña. En su momento debió de parecerle una idea estupenda.

Gorila. Gorila nunca se bañaba, y apestaba igual que un gran simio. Olía tan mal que era capaz de tumbar con su hedor a un hombre hecho y derecho a una distancia de cien metros.

Estropajo. Lo llamaban así porque tenía cada milímetro de la piel cubierta de grueso y áspero pelo negro con el que rascaba a sus víctimas hasta la muerte, como si fuera un enorme estropajo metálico. Era el padre de Tom y Jerry.

Estante. Este hermano tenía un trasero gigante que sobresalía como un estante. Era tan grande y pesado que podía aplastar a sus enemigos sentándose encima de ellos.

Nudillos. Usaba enormes anillos de oro en cada uno de los dedos de ambas manos, lo que hacía que sus puñetazos dolieran horrores.

Verrugas. Tenía la cara cubierta de cientos de verrugas. Y eso que era el más guapo de la familia.

Frank y su padre no tardaron en salir por la inmensa puerta metálica de la cárcel.

—¡Lo hemos conseguido! —exclamó Gilbert.

—Por los pelos —dijo Frank—. Pero no hay tiempo que perder.

Escapar de la cárcel era la parte más fácil del plan. Ahora se enfrentaban a una tarea titánica.

CAPÍTULO

EL CEMENTERIO
DE COCHES

Frank y su padre encontraron un par de asientos libres al fondo del autobús. Tras asegurarse de que nadie los oía, el chico se puso a explicarle el plan. Robar medio millón de libras al señor Grande y devolverlas al banco era una idea de lo más atrevida. Cuando Frank acabó de contárselo, una sonrisa iluminó el rostro de su padre:

—¡Es genial, socio!

—Gracias, papá.

El chico se sentía muy orgulloso.

—Solo le veo un problema.

—¿Cuál?

—Necesitamos un coche para poner en marcha tu plan.

—¿Reina?

—La necesitamos más que nunca.

—¿Crees que seguirá en el prado donde la dejamos?

—No, qué va. La poli ya la habrá remolcado.

—¿Y dónde puede estar?

—La habrán vendido para el desguace, pobrecilla mía.

—¡¿Desguace?!

—Lo sé, pero aún le queda mucha vida. Solo cruzo los dedos para que la encontremos a tiempo.

—Yo también.

—Pero primero tenemos que pasar por casa para que me quite este vestido...

—No sé yo, papá. No te sienta nada mal... —bromeó Frank.

—Muy gracioso. Venga, socio, ¡esta es nuestra parada!

El desguace era como un cementerio de coches. Parecían casi todos imposibles de reparar, con sus capós aplastados, ruedas perdidas y carrocerías oxidadas.

Una enorme grúa se elevaba a gran altura, recogiendo los coches con una garra gigante para luego llevarlos en volandas y dejarlos caer a las fauces de una inmensa máquina prensadora. Esta era capaz de aplastar cualquier coche, por grande que fuera, hasta convertirlo en un ladrillo del tamaño de un horno microondas.

Encontrar a **Reina** entre los cientos de coches destrozados que había allí no sería tarea fácil, pero la necesitaban desesperadamente. El Mini había formado parte de la vida de Frank y de su padre durante tanto tiempo que era como uno más de la familia. Mientras lo buscaban en el cementerio de coches, el chico lo iba llamando por su nombre.

—¡**Reina**!

—¡Ja, ja, ja! ¡No es un perro, pero quién sabe, puede que funcione! —dijo Gilbert antes de sumarse a él—. ¡Reina!

¡Reina!

¡Reina!

¡Reina!

Mientras avanzaban entre hileras y más hileras de vehículos accidentados, Frank se fijó en que muchos eran coches de policía, que sin duda habían acabado destrozados después de la última y espectacular fuga de su padre. El chico estaba demasiado distraído para darse cuenta de que la grúa parecía comportarse de un modo extraño. Poco a poco, se iba acercando cada vez más a ellos. Balanceándose justo por encima de sus cabezas había ahora un enorme Bentley antiguo que debía de pesar una tonelada. Una sombra los engulló. Frank notó que de pronto hacía más frío y todo estaba más oscuro.

—Papá...

—Dime, socio.

—¡Mira hacia arriba!

En ese instante, la grúa abrió la garra. En un visto y no visto, el inmenso Bentley se precipitó hacia abajo.

—¡CUIDADO! —gritó Gilbert, y empujó a su hijo.

¡CA*TAPLÁN!*

El Bentley se estrelló en el suelo, atrapando la pierna de Gilbert debajo del chasis. El hombre parecía extrañamente tranquilo.

—¡*Papá!* ¿Por qué no estás gritando de dolor?

—¡Esta es mi pierna de madera! ¡No duele!

—Tengo que sacarte de ahí.

Tirando con todas sus fuerzas, el chico consiguió liberar a su padre.

—¿Qué tal la pierna? —preguntó Frank.

Su padre la examinó.

—Un poco agrietada y astillada. ¡Siempre puedo comprarme otra!

Frank notó que el aire se estremecía a su alrededor, y al mirar hacia arriba vio que la garra de la grúa iba derecha hacia ellos.

—¡PAPÁ!

Se apartaron los dos rodando por el suelo en el preciso instante en que la garra se clavaba en el suelo.

¡CLONC!

—¿Quién maneja esa cosa? —preguntó el chico.

Gilbert miró hacia arriba y vislumbró al hombre que iba sentado en la cabina de mando. Hubiese reconocido aquella sonrisita DIABÓLICA en cualquier sitio. Era Manilargo.

—Pulgarzón habrá atado cabos y se lo habrá dicho a su compinche —dedujo Gilbert—. ¡Nos han descubierto!

—¡Vámonos de aquí! —exclamó Frank.

—¡Primero tenemos que encontrar a **Reina**!

Padre e hijo se levantaron a trompicones y corrieron en zigzag mientras la garra de la grúa intentaba aplastarlos.

—¡Ahí está! —exclamó Frank.

Había visto el capó de **Reina** asomando entre una larga fila de coches destrozados. No tenía muy buen aspecto, con la carrocería abollada por haberse empotrado contra un árbol y la pintura amarilla medio borrada por la lluvia. El parabrisas estaba hecho añicos, los faros rotos y el techo hundido. Frank y su padre echaron a correr hacia su vieja amiga.

—Hogar, dulce hogar —dijo Gilbert mientras se sentaba al volante y giraba la llave, que había quedado en el contacto.

¡BRrruM!

El motor rugió como en los viejos tiempos.

—¡Vamos que nos vamos! —dijo Gilbert, y se fueron **zumbando** entre los coches de desguace.

¡CATACRAC!

Frank miró hacia arriba. La garra de la grúa se había clavado en el techo del Mini y lo levantó en el aire sin el menor esfuerzo.

—¡NOOO! —gritó el chico mientras el pequeño coche se mecía en el aire como un péndulo.

¡FIUUU!

En cuestión de segundos, Frank y su padre oscilaban por encima de la máquina prensadora, con sus aterradoras fauces metálicas abiertas de par en par. Manilargo seguía en la cabina de mando, riendo como una hiena.

—¡ÉCHATE HACIA DELANTE, HIJO! —gritó Gilbert.

Frank y su padre se inclinaron bruscamente justo
cuando la garra se abrió y dejó caer el coche.

—¡SUJÉTATE FUERTE! —dijo Gilbert.

¡ZAS!

El coche cayó al vacío.

—¡ARGH! —chilló el chico.

CAPÍTULO

52

LA PRENSADORA

Reina aterrizó en el borde de la prensadora.

¡CLONC!

Se quedó allí oscilando, dejando a Frank y su padre suspendidos entre la vida y la muerte.

—¡Vuelve a echarte hacia delante! —ordenó Gilbert. Ambos se precipitaron hacia la parte frontal del coche, que resbaló por el borde externo de la máquina prensadora y cayó al suelo.

¡CATAPUMBA!

Gilbert pisó el acelerador a fondo, pero apenas habían arrancado cuando la garra de la grúa atravesó lo que quedaba del techo.

—¡SUJÉTATE! —ordenó Gilbert a su hijo. El hombre hizo una maniobra conocida como «giro con freno de mano» y el coche viró bruscamente.

A consecuencia del giro, la garra de la grúa arrancó el techo de **Reina** del tirón, como si abriera una lata de sardinas.

—Siempre he querido que fuera descapotable —dijo Gilbert mientras el coche se llevaba por delante una valla metálica...

CATACRAC!

... y salía a toda pastilla del cementerio de coches.

¡BRrrum!

La grúa seguía rugiendo a sus espaldas, traqueteando sobre las ruedas de oruga mientras los perseguía sin descanso.

Al dejar atrás una señal que ponía **PUENTE BAJO**, Frank y su padre intercambiaron una sonrisa. **Reina** pasó como una exhalación por debajo del puente, y el chico se encaramó al asiento trasero para mirar hacia atrás. La grúa era demasiado alta y **se estrelló** contra el puente...

¡PUMBA!

... provocando una lluvia de ladrillos.

¡CATACRAC!

Como un tiranosaurio herido, la grúa se tambaleó hasta detenerse por completo.

¡PAM!

A lo lejos, Frank vio a Manilargo saltar de la cabina de mando, darle una patada a la pobre grúa y luego aullar de dolor.

—Primera parada: ¡la mansión del señor Grande! —gritó el chico para hacerse oír por encima del rugido del motor.

¡BRRRUM!

CAPÍTULO
53

UN PROFUNDO
Y PAVOROSO MIEDO

La pareja de «desatracadores» de bancos ocultó a **Reina** detrás de unos arbustos y completó a pie el trayecto hasta la gran casa de campo del señor Grande. Se había hecho de noche, y lo único que se oía en la carretera mojada era el eco de sus propios pasos.

Frank estaba asustado, pero no quería reconocerlo.

—Dame la mano, papá. No quiero que tropieces —mintió.

—Gracias, socio —dijo el hombre, que también parecía asustado.

Villa Rufián estaba cercada por un inmenso muro de piedra.

—¿Me prestas tu pierna? —preguntó el chico.

—Si prometes devolvérmela.

—¡Claro que sí, papá!

En cuanto el hombre se quitó la pierna de madera, Frank le dio la vuelta y usó el pie como un gancho, clavándolo en el muro de piedra. Luego trepó hasta arriba. Desde lo alto del muro, tendió la pierna a su padre para que se agarrara y lo ayudó a subir. Luego saltaron los dos al gran jardín que había al otro lado del muro. Desde esa distancia prudente, Frank observó la casa.

—Si no me falla la memoria, el estudio del señor Grande debe de ser esa habitación de ahí, la del gran ventanal. Sígueme —dijo el chico con mucho aplomo.

—Una cosita, socio.

—¿Sí, papá?

—¿Puedes devolverme la pierna?

—¡Cachis! —dijo el chico.

En cuanto Gilbert volvió a colocarse la prótesis, se pusieron en marcha.

No se sorprendieron al descubrir que todas las puertas y ventanas de Villa Rufián estaban cerradas bajo siete llaves. El señor Grande se había hecho *rico* robando a los demás, pero pobre del que se atreviera a intentar robarle a él.

—¡Esta maldita casa está cerrada a cal y canto! —refunfuñó Gilbert.

—¿Podrías volver a prestarme la pierna?

—¿Y ahora para qué la quieres?

—¿Para romper una ventana...? —sugirió el chico.

—Eso despertará a toda la casa, socio.

Frank reflexionó unos instantes.

—Papá, ¿recuerdas esos dos gatazos que tiene Grande?

—¡Desde luego! Dos horribles criaturas llamadas Ronnie y Reggie. ¿Qué pasa con ellos?

—¡Que tiene que haber una gatera! Y puede que yo consiga meterme por ella!

—¡No perdemos nada por intentarlo!

En la parte trasera de la casa, Frank encontró la pequeña trampilla que buscaban en la puerta de la cocina.

—Esto no me da buena espina, socio —dijo Gilbert—. Todas las ventanas están cerradas por dentro. No podré entrar. Estarás solito en la casa de Grande. Es peligroso.

—No tengo miedo —mintió el chico—. Desde aquí podrás ver si se enciende alguna luz y avisarme.

—De acuerdo, pero ¿cómo piensas abrir la caja fuerte?

—Memoricé la melodía que hizo el mayordomo cuando tecleó la clave secreta. ¡BIP! ¡TUUU! ¡PIIP! ¡TUTUTÚ!

—Ya veo que lo tienes todo pensado. De acuerdo, entra, pero escúchame bien, socio...

—¿Sí, papá?

—Ten cuidado.

El chico asintió y luego se puso a cuatro patas. Estuvo a punto de quedarse atrapado en la trampilla, pero finalmente logró pasar al otro lado.

¡FLIP, FLAP!

Una vez dentro de la casa, un profundo y pavoroso miedo se apoderó de Frank. Allí estaba, a solas y a oscuras en casa del jefe de una peligrosa banda de criminales, con la intención de robarle medio millón de libras. Se estaba jugando el pellejo.

Mientras cruzaba la cocina a gatas, oyó unos ronquidos.

¡Jjjjjrrrrrr!... Pfff...

El chico miró de reojo hacia un cesto que había en el rincón.

Ronnie y Reggie estaban acurrucados los dos, durmiendo a pierna suelta. Frank pasó de puntillas por delante de los animales y salió al pasillo, que era más largo que un campo de fútbol y estaba lleno de puertas a ambos lados. ¿Cuál de ellas sería la del estudio? El chico sintió un nudo en el estómago al comprender que estaba dando palos de ciego. No tenía manera de saber si había pasado de largo o no había llegado siquiera a la puerta que buscaba.

Probó suerte con varios pomos, en vano: todas las puertas estaban cerradas con llave. Hasta que al fin dio con una que no lo estaba. El chico abrió la puerta tan despacito como pudo, procurando no hacer ruido. Dentro de la habitación reinaba una oscuridad total, salvo por un punto de luz roja. El chico notó que algo le escocía en los ojos y la garganta. La luz roja brilló con más intensidad. Era la brasa de un puro.

Una lámpara de mesa se encendió de pronto, y su resplandor lo cegó por unos instantes.

Mientras parpadeaba para acostumbrarse a la claridad, oyó una voz que decía:

—Vaya, vaya, pero si es el pequeño ladronzuelo. Te estaba esperando.

Era el señor Grande.

CAPÍTULO

54

MENTIROSO

—Estoy impresionado, joven Frank —empezó el **gánster**—. Hace falta valor para colarse en mi casa en plena noche. Te pareces más a mí de lo que crees. Tienes que venirte a vivir aquí conmigo y con tu madre. Yo podría ser el padre que nunca has tenido. Podría entrenarte, enseñarte todo lo que sé. Podrías convertirte en una gran **mente criminal** como yo. Algún día, todo esto podría ser tuyo.

—No lo quiero —replicó el chico—. No quiero nada de todo esto.

—Por supuesto que lo quieres —repuso Grande, riendo entre dientes—. Esto es el sueño de todo el mundo. Piénsalo bien: piscina privada, criados... Hasta podrías conducir mi flota de coches de carrera. Únete a mí... —dijo el hombre, alargando la mano.

—¡NO! ¡JAMÁS!

—Nadie dice que no al señor Grande.

—Todo lo que tiene usted lo ha conseguido haciendo daño a los demás. ¿Sabe qué le digo? No llega usted ni a la suela de los zapatos de mi padre.

—¿De veras? —El señor Grande se inclinó hacia delante—. Ahora que lo dices, ¿dónde se ha metido ese gusano asqueroso?

El chico apenas distinguía la silueta de su padre al otro lado de la ventana, justo detrás del señor Grande, y no se atrevía a mirar en esa dirección por temor a delatar su presencia.

—Está en la cárcel, por si no lo recuerda. No tiene ni idea de que he venido hasta aquí.

El señor Grande se rio para sus adentros.

—¡Ja, ja, ja! No solo ladrón, sino también mentiroso.

—¡Yo no soy un mentiroso!

El hombre se levantó del sillón, pero era tan bajito que apenas se notaba la diferencia. Dirigió la luz de la lámpara hacia la cara del chico.

—Pulgarzón lleva a sus sobrinos a visitar a los parientes encarcelados, te ve allí y se da cuenta de que estás tramando algo. Manilargo os espera fuera, en el coche, y os sigue hasta el cementerio de coches. Una vez allí, recuperáis ese montón de chatarra sobre ruedas. ¿Por qué? ¿Cuál es tu plan, hijo mío?

—¡Yo no soy su hijo!

—Venga, dímelo... —insistió el señor Grande.

—¡QUE NO! —gritó el chico.

El malvado hombrecillo sonrió, satisfecho. Se lo pasaba pipa haciendo enfadar al chico.

—Venga, papá necesita saber qué se trae entre manos su pequeño ladronzuelo...

—¡USTED NO ES Y NUNCA SERÁ MI PAPÁ! ¡Y YO NO SOY UN LADRÓN! —exclamó el chico, reprimiendo las lágrimas—. Y para que se entere, he venido a robarle el botín y devolverlo al banco.

El señor Grande se desternillaba de risa.

—¡Ja, ja, ja! ¡Hombre, por fin lo has soltado!

—¡Maldita sea! —masculló Frank. Se había ido de la lengua sin querer.

—¡Mira que llevo años en esto, y nunca había oído un plan más tonto! Para mí que estás un poco mal de la azotea —añadió el hombre, pinchando la cabeza del chico con sus dedos cortos y regordetes—. Pero no trabajas solo, ¿a que no, muchacho? Por última vez, ¿dónde se ha metido el paticojo de tu padre?

El señor Grande dio una larga calada a su puro y echó el denso humo negro a la cara del chico, que se puso a toser y resoplar. Por el rabillo del ojo, veía a su padre quitándose la pierna de madera.

—Se lo he dicho, no lo sé —replicó.

El señor Grande negó despacio con la cabeza. Luego se sacó el puro de la boca y acercó la brasa ardiente a la nariz del chico.

—Hasta ahora he sido bueno contigo. Pero se me está acabando la paciencia.

Despacio, acercó el puro cada vez más al rostro del chico. Este no pudo evitar que se le fueran los ojos hacia su padre. El señor Grande dio media vuelta y vio al hombre saltando a la pata coja del lado de fuera de la ventana mientras blandía su pierna de madera en el aire.

—¿Qué demonios...? —exclamó el señor Grande.

CAPÍTULO

55

ARRUGADO COMO
UNA PASA

Antes de que el señor Grande pudiera articular palabra, la falsa pierna de Gilbert atravesó el cristal de la ventana...

¡CATACRAC!

... y golpeó al señor Grande en toda la cabeza.

¡PUMBA!

El jefe de la banda criminal se desplomó en el suelo, inconsciente.

¡CATAPLOF!

—Seguro que alguien lo ha oído —dijo Gilbert, usando la pierna de madera para apartar las esquirlas de cristal y poder entrar por la ventana.

—Gracias por salvarme el pellejo, papá.

—¡Un placer! Llevo años deseando darle una lección a este canalla. —Gilbert contempló al hombrecillo, que yacía espatarrado en su alfombra de seda—. Venga, socio, no tenemos mucho tiempo.

—Me daré prisa.

El chico fue corriendo hasta el retrato al óleo del señor Grande que estaba colgado en la pared y lo apartó para descubrir el teclado electrónico de la caja fuerte.

—¡BIP! ¡TUUU! ¡PIIIP! ¡TUTUTÚ! —dijo para sus adentros, recordando el sonido que habían hecho las teclas cuando el mayordomo había abierto la caja fuerte. Pulsó unos pocos números como si fueran las teclas de un piano, tratando de reconocer las notas.

¡TUUU! ¡BIP!

Debía memorizar qué número hacía ese sonido.

¡TUTUTÚ! ¡PIIIP!

Justo cuando creía que empezaba a cogerle el truquillo, la puerta del estudio se abrió sigilosamente y entró Chang, el anciano mayordomo. Llevaba puestos unos ridículos minicalzoncillos negros, y nada más. Empezó a dar vueltas alrededor de Gilbert y Frank mientras canturreaba algo en chino mandarín y estiraba los brazos hacia delante, como un maestro de kung-fu. Luego retrocedió unos pasos para tomar impulso y, pegando un brinco, surcó el aire con los brazos y piernas extendidos.

Frank se agachó justo a tiempo para esquivarlo mientras su padre abría la ventana por la que Chang salió volando...

¡FIUUU!

... y aterrizó en el patio con un fenomenal

¡CATAPLUM!

Padre e hijo se asomaron a la ventana y vieron al mayordomo tirado boca abajo en el suelo.

—Se ha noqueado a sí mismo —concluyó Gilbert.

Los minicalzoncillos negros se le habían subido, dejando a la vista el trasero del viejo Chang, arrugado como una pasa.

—Debería comprarse un par de pijamas nuevos —murmuró Frank antes de volver a centrarse en la caja fuerte.

—¡BIP! ¡TUUU! ¡PIIIP! ¡TUTUTÚ!

¡CLIC!

¡Había dado con la clave secreta! La puerta de la caja fuerte se abrió con un zumbidito.

—¡BIEEEN! —exclamó el chico.

Se quedaron mirando el interior de la caja fuerte, boquiabiertos. Durante unos instantes, ninguno de los dos dijo ni mu. En aquella cajita metálica había más dinero del que hubiesen podido soñar jamás. Era demasiado para contarlo, pero debía de haber millones, o incluso decenas de millones.

—¿Por qué no lo cogemos todo? —sugirió Gilbert—. Podríamos escaparnos, comprar un gran yate y pasar el resto de la vida dando la vuelta al mundo.

La idea era tentadora. El dinero parecía la respuesta a todo.

—No sé yo, papá —repuso el chico—. Si lo cogiéramos todo, seríamos tan malos como Grande. Nos llevaremos lo que robaron del banco, ni un penique más.

El chico empezó a contar los fajos de billetes, que iba poniendo en la bolsa de la basura que habían llevado consigo.

Gilbert negó con la cabeza, sin acabar de creer lo que oía, y trató de convencer a su hijo:

—¿No podemos llevarnos ni siquiera un puñadito más para nosotros?

—¿Qué clase de padre quieres ser, un buen padre o un **mal padre?**

El hombre se lo pensó unos segundos.

—¿Hay alguna opción intermedia?

—¡No!

—¡Pues entonces un buen padre!

—Lo sabía —dijo el chico.

—Adelántate y comprueba que no haya peligro.

Obediente, el chico asomó la cabeza por la ventana rota.

—Papá...

—¿Qué pasa? —dijo el hombre.

—Ven a ver esto.

Gilbert fue hacia su hijo. Fuera había una figura humana, enmarcada por la ventana rota. Era la madre de Frank. Y llevaba una pistola.

CAPÍTULO

UNA MADRE DE ARMAS TOMAR

—¡No hagas ninguna tontería, Rita! —suplicó Gilbert.

Entre sus manos había una pistola con la que le apuntó directamente.

—Creía que estabas *pudriéndote* en la cárcel —dijo la mujer.

—Y lo estaba —replicó Gilbert—. Pero he salido de permiso, solo por esta noche.

Rita se acercó a la ventana rota y miró hacia dentro.

—¿Qué le habéis hecho a mi Grandullón? —preguntó al ver a su novio espatarrado sobre la alfombra de seda.

—Lo he dejado fuera de combate con mi pierna de madera —contestó Gilbert.

—Te habrás quedado a gusto —dijo Rita.

—¿Pues sabes qué? La verdad es que sí.

—No entiendo cómo pude enamorarme de ti —le soltó la mujer.

—Lo mismo digo —replicó Gilbert—. Pero entonces eras distinta, Rita. Antes de que llegara el señor Grande y te deslumbrara con toda su *ríqueza*.

—Mi Grandullón sabe cómo tratar a una dama.

—El amor no se mide en *oro* y **diamantes**. Ese hombre que está ahí tirado no te quiere. No eres más que otra de sus *posesiones*.

Rita quitó el seguro de la pistola.

¡CL¹C!

—Estoy hasta el moño de escucharte, Gilbert. Sal de mi casa ahora mismo. Pero el chico se queda.

Frank sintió una punzada de pánico. Vivir en aquella casa inmensa con su madre y el señor Grande era lo último que quería.

—Ya sé que estás enfadado conmigo por haberte abandonado —dijo Rita—. Pero quiero volver a tenerte en mi vida.

Gilbert miró a su hijo.

—¿Tú qué quieres hacer, Frank?

—Apuesto que quieres venirte a vivir con Grandullón y conmigo a esta casa tan bonita, donde podrás darte todos los caprichos, ¿a que sí?

—NO —contestó el chico sin pestañear.

Entonces la mujer se vino abajo.

—¿Cómo que no?

—Lo siento, mamá, pero no quiero vivir aquí contigo. Ni ahora ni nunca. Lo único que quiero es estar con mi padre.

—¿Aunque no tenga donde caerse muerto? ¿Ni vivo, ya puestos?

—Mi padre tiene todo lo que necesito y más —replicó Frank—. Y no necesita apuntar con una pistola a nadie para sentirse querido.

Una profunda pena ensombreció el rostro de Rita, que rompió a llorar. Temblando, bajó la pistola y se dejó caer de rodillas.

—No sabes cuánto lo siento, Frank. Tomé una decisión equivocada. Cometí un error al abandonaros, pero es algo con lo que he tenido que vivir desde entonces. Sé que te fallé, Frank. Seguro que me odias a muerte.

El chico pasó al otro lado del marco de la ventana

y se reunió con su madre en el patio. Despacio, se acercó a ella y la rodeó con sus brazos.

—No te odio, mamá. Te quiero.

Estas dos palabras hicieron que sollozara más fuerte todavía.

—Por favor, perdóname, Frank —dijo la mujer entre lágrimas—. Tendría que haberme quedado a tu lado. He estado ciega, muy ciega. Pero ahora me doy cuenta de lo tonta que he sido, hijo mío. Yo también te quiero.

—Y yo te perdono, mamá.

Rita abrazó a su hijo con fuerza mientras Gilbert salía por el marco de la ventana y se reunía con ambos. Al cabo de unos instantes, el chico se apartó suavemente de su madre.

—Lo siento, pero papá y yo tenemos que irnos —dijo Frank.

Rita se sorbió la nariz, tratando de contener el llanto.

—¿Adónde os vais a estas horas de la noche?

—Tenemos que **reparar una injusticia,** mamá. Una gran injusticia.

Su madre asintió.

—Siempre hay que luchar contra las injusticias.

CAPÍTULO

57

BESTIAS FEROCES

Frank cogió a su madre del brazo.

—Hace frío, mamá. Te acompaño dentro.

Gilbert vio con orgullo cómo Frank se mostraba cariñoso con su madre a pesar de todo.

Cuando ya se iba, el chico se volvió hacia atrás y la vio a través del marco de la ventana. Allí estaba su madre, sola en el estudio con su camisón de seda, el rostro bañado en lágrimas y los ojos manchados de rímel.

El chico cogió la mano de su padre y salieron del patio en dirección al jardín.

—Tenemos que volver por ella —dijo Frank.

—Ya lo veremos —repuso su padre.

Cuando alcanzaron el muro de piedra que rodeaba la casa del señor Grande, dos **bestias feroces** saltaron desde la copa de un árbol y aterrizaron sobre sus cabezas.

—¡AAARGH! —gritaron padre e hijo al unísono.

¡Eran Ronnie y Reggie, los dos felinos domésticos más aterradores del mundo!

—¡Quita, bicho! —chilló Gilbert cuando Ronnie saltó a su espalda, hundiendo las afiladas zarpas en su pecho.

—¡Socorro! —gritó Frank cuando Reggie se encaramó a su cabeza y le dio un zarpazo en la nariz—. ¡Papá! ¡No me lo puedo quitar de encima! —chilló Frank.

—¡Ni yo! —replicó Gilbert, que trataba por todos los medios de arrancar el gato de su espalda. El animal le había clavado las uñas hasta el fondo—. ¡Pero sé de algo que los gatos odian a muerte!

—¿El qué? —preguntó el chico mientras Reggie seguía arañándolo sin compasión.

—¡EL AGUA!

—¡La fuente! —exclamó Frank, y echaron a correr en esa dirección.

—¡Oh, no! —exclamó el chico sin parar de correr—. ¡Me ha puesto el culo en la cara!

—¡Tú sigue corriendo! —dijo Gilbert, aunque Ronnie le estaba mordiendo la oreja con sus afilados colmillos—. ¡AAAY!

Padre e hijo se dieron la mano y saltaron juntos a la fuente.

¡PATACHOF!

Pero lejos de tenerle miedo al agua, resultó que los dos gatos eran expertos nadadores. Se zambulleron en el estanque y, como dos tiburones con motor de propulsión a chorro, persiguieron a Frank y a su padre alrededor de la fuente.

—¡Salta hacia fuera! —gritó Gilbert.

Echaron a correr por el camino de grava, perseguidos por Ronnie y Reggie. Con los nervios, Frank resbaló y se cayó de bruces al suelo. Gilbert se agachó para ayudarlo a levantarse.

—¡MIAU! —maullaron los gatos, saltando en el aire y aterrizando sobre la espalda de los fugitivos.

Los inmovilizaron hundiendo las garras en la piel de ambos.

—¡AAAY! —gritó el chico.

—¡Ahora sí que estamos apañados! —dijo Gilbert.

Pero entonces los gatos soltaron un sonoro bufido...

¡FUUU!

... porque alguien tiró de ellos bruscamente.

Frank miró hacia arriba. Su madre había cogido a los dos animales por la cola.

—¡MAMÁ! —exclamó el chico.

—¡Nunca he podido con estos bichos! —dijo. Luego se puso a dar vueltas y más vueltas, como si fuera una gogó de discoteca, sujetando a los gatos por la cola, uno en cada mano.

¡FUUU!, bufaron los gatos. Aquello no les gustaba ni un pelo.

Cuando había alcanzado tal velocidad que Ronnie y Reggie no eran más que una mancha borrosa, la madre de Frank los soltó de repente.

—¡¡¡MIIIAAAUUU! —maullaron los gatos, que salieron despedidos y aterrizaron con dos sonoros trompazos en un lejano rincón del jardín.

¡PUMBA!

¡PUMBA!

—Gracias, Rita —dijo Gilbert.

—No hay de qué —contestó la mujer—. ¡Venga, marchaos antes de que Grande se despierte!

—Gracias, mamá —dijo Frank.

—Me alegro de haberos ayudado, aunque solo sea un poquito —contestó—. Tened cuidado.

—Lo haremos —mintió Frank.

—¡RITA! —se oyó desde la casa.

—¡RÁPIDO, MARCHAOS! —suplicó la mujer.

En cuestión de segundos, habían puesto pies en polvorosa.

CAPÍTULO 58

MATAR DOS PÁJAROS DE UN TIRO

Cuando salieron de Villa Rufián, Frank y su padre fueron por **Reina**, *dejaron* el dinero en el asiento trasero y arrancaron a toda mecha en dirección al banco. Ya pasaba bastante de la medianoche, y las calles estaban desiertas. Gilbert aparcó en una bocacalle cercana al banco y apagó las luces.

Habían pasado un par de meses desde el atraco, y en la fachada del banco no quedaba ni rastro de la explosión.

—¿Cómo vamos a entrar? —preguntó Gilbert.

—No creo que sea buena idea volver a volarlo —contestó Frank—. No tiene mucho sentido causar un destrozo que costará un millón de libras para devolver un millón de libras.

—No —murmuró Gilbert—, pero tendría su gracia.

—Te diré lo que he pensado, papá. Esperamos hasta que llegue el primer trabajador del banco, y entonces nos colamos sin que nos vean.

—Eso puede tardar horas.

—No. Un día me levanté muy pronto y salí a escondidas de casa de la tía Flip para montar guardia delante del banco. El gerente llega todos los días al amanecer.

—Buen trabajo. Solo tenemos que esperar hasta entonces y luego ya buscaremos la forma de colarnos.

En ese momento, la grúa del cementerio de coches dobló la esquina traqueteando pesadamente. Manilargo iba de nuevo a los mandos. Se detuvo ante la puerta del banco y se apeó de un salto. Detrás de la grúa iba uno de los Rolls-Royce del señor Grande. Pulgarzón se bajó del cochazo y le abrió la puerta a su jefe, que sujetaba una bolsa de hielo sobre la cabeza magullada.

—¡Esas dos ratas de cloaca tienen que estar por aquí, lo sé! —le dijo a sus esbirros—. Quieren devolver al banco el dinero que tanto trabajo me ha costado robar.

—¡**Vergüenza debería darles!** —dijo Pulgarzón.

—A quién se le ocurre —añadió Manilargo.

—Salgamos del coche antes de que nos vean —susurró Gilbert.

Padre e hijo se escabulleron del Mini y se **arrastraron** a cuatro patas por la calle, llevando consigo la bolsa de basura repleta de dinero, hasta que vieron un buzón de correos y se escondieron detrás de él.

—¡Mire, jefe! ¡Es un Mini igualito al suyo! —anunció Pulgarzón.

—¡Porque es su Mini! —dijo Manilargo.

—Bien hecho, Pulgarzón. Te has ganado una estrellita dorada.

El señor Grande cruzó la calle con su batín de seda ondeando al viento y se asomó al interior de **Reina** a través del gran agujero del techo.

—¡No están en el coche! Tenía razón, ya deben de estar dentro del banco —dijo. El hombrecillo volvió a cruzar la calle e intentó abrir la puerta del edificio, en vano—. Los muy listos se habrán encerrado por dentro! ¡Manilargo! ¡ATACA SIN PIEDAD!

—¡A la orden, jefe! —contestó el esbirro con una sonrisa—. Qué bien, un trabajito de demolición.

—Sí, a ver si matamos dos pájaros de un tiro.

—No creo que haya ningún pájaro ahí dentro, jefe —dijo Pulgarzón.

—¡Cierra el pico o te ordenaré que te des un puñetazo a ti mismo!

Manilargo acercó la grúa al Mini. Su poderoso brazo metálico se columpió en el aire y la garra levantó a **Reina** del suelo sin esfuerzo.

¡C^L^{ON}C!

Luego el brazo volvió a oscilar y arrojó el pequeño coche contra el edificio. Frank se agarró con fuerza al brazo de su padre, que cerró los ojos. No podía mirar lo que estaba a punto de ocurrir.

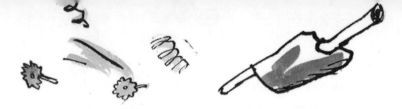

¡CATACRAC!

Reina se estrelló contra el banco, llevándose por delante parte de la fachada.

¡BUUUM!

Las puertas y ventanas estallaron en mil pedazos.

¡CATACRAC!

La alarma del banco se disparó.

¡RII^{IN}G!

La garra se retiró, llevándose consigo un amasijo de hierros que era cuanto quedaba de **Reina**. Toda la parte frontal del coche había quedado destruida. La parrilla se había caído de cuajo, el capó estaba aplastado y las ruedas delanteras colgaban de un hilo.

—¡No! —susurró Gilbert. El pobre hombre tenía lágrimas en los ojos.

—Cuánto lo siento, papá —murmuró el chico, rodeando a su padre con un brazo—. Sé lo mucho que la querías.

—Adiós, Majestad —dijo Gilbert.

—¡REMÁTALA! —ordenó el señor Grande.

—Sí, jefe —contestó Manilargo. Entonces tiró de la palanca de la grúa y levantó el coche todo lo que pudo.

¡CRECRECREC!

El Mini se balanceó unos instantes en el aire. Luego la garra se abrió y **Reina** cayó al vacío.

¡ZAS!

Un segundo después, se estrelló en el suelo.

¡CATAPLUM!

Entonces la grúa arrancó con ímpetu y destruyó lo que quedaba del coche arrollándolo con sus ruedas de oruga.

¡CRECRECREC!

¡CATACROC!

Reina había formado parte de la familia desde que Frank tenía uso de razón. Ahora no era más que un amasijo de metal abollado.

—En este coche seguro que no podrán darse a la fuga, jefe —anunció el matón con una sonrisa malvada.

—Buen trabajo, Manilargo. Ahora quiero recuperar mi dinero. Vamos a entrar ahí dentro y a pararles los pies a esas dos sabandijas antes de que llegue la pasma —dijo el señor Grande, y siguiendo a sus secuaces entró en el banco.

—¿Qué hacemos ahora, socio? —preguntó Gilbert.

—Matar dos pájaros de un tiro —contestó el chico.

Su padre lo miró como si no entendiera nada.

—Ya lo verás —dijo Frank tirando suavemente de él.

CAPÍTULO 59

SALCHICHAS CHAMUSCADAS

Sin sospecharlo, el señor Grande y sus matones les habían allanado el camino a Frank y su padre, que gracias a ellos pudieron entrar en el banco sin mover un solo dedo. El único problema era que la alarma se había disparado y la policía llegaría de un momento a otro. Siguiendo el rastro de destrucción que los tres delincuentes iban dejando a su paso, no tardaron en encontrar la cámara acorazada. Las puertas estaban **destrozadas**, los cristales hechos **añicos** y los teclados electrónicos **espachurrados**.

¡CATAPLUUUM!

Frank y su padre se vieron sacudidos por una tremenda **explosión.** Del techo caían escombros, una nube de humo negro lo llenó todo y las pocas ventanas que aún no estaban rotas estallaron en ese momento, provocando una lluvia de esquirlas de cristal. Padre e hijo se taparon la cara con las manos.

—¿Estás bien, socio? —farfulló Gilbert, jadeando.

—Sí, eso creo. Sigamos adelante.

Juntos avanzaron a tientas hasta topar con una escalera de caracol.

—La cámara debe de estar en el sótano —susurró Gilbert.

Bajaron las escaleras de puntillas. El humo se fue disipando, dejando a la vista una escena que era para mondarse de risa. Los delincuentes habían usado dinamita para forzar la puerta de la cámara acorazada, pero se les había ido la mano con los explosivos. Allí estaban los tres, negros como tizones, socarrados de pies a cabeza y desprendiendo volutas de humo. El señor Grande, Manilargo y Pulgarzón parecían tres salchichas chamuscadas.

—¡Ahí están! —exclamó Manilargo, señalando a Frank y Gilbert con su largo, afilado y carbonizado dedo.

Pulgarzón parecía no entender nada.

—Creíamos que estabais dentro de la cámara.

—¡Pues va a ser que no! —replicó Frank con una sonrisa—. Llevamos todo el rato aquí fuera.

—Ah —dijo el hombre, bajando la cabeza.

El señor Grande se balanceaba sobre las zapatillas, visiblemente incómodo. Detestaba que lo hicieran quedar como un tonto.

—¡En realidad, os habéis metido de cabeza en mi trampa! —dijo.

—¿Y cómo es eso, Grandullón? —preguntó Gilbert.

—Pues... ejem... porque... ejem... —farfulló el hombre—. ¡Porque ahora vamos a recuperar el dinero que habíamos robado, y que vosotros me habéis quitado, y ya puestos robaremos un poco más! ¡Y a vosotros, par de merluzos, os tocará pagar el pato! ¡Manilargo, Pulgarzón, cogedlo todo! ¡Hasta el último penique!

—Mi saco tiene un agujero —dijo Pulgarzón.

—El mío tiene dos —añadió Manilargo.

La explosión no solo había dañado su ropa, sino también los sacos del botín.

—¡Pues meted el dinero en los bolsillos! —ordenó el señor Grande.

Los dos esbirros examinaron lo que quedaba de sus chaquetas.

—No me queda ni un solo bolsillo —anunció Pulgarzón.

—¡A mí me queda uno, jefe! —exclamó Manilargo—. Ah, no, perdón. Está agujereado —añadió, sacando un dedo por el hueco.

—Podéis usar nuestra bolsa —dijo Frank.

—Pero tiene medio millón de libras dentro, socio —susurró Gilbert entre dientes.

—¡Tráemela, chico! —ordenó el señor Grande.

Frank avanzó unos pasos y le tendió la bolsa. El hombrecillo la abrió y una sonrisa le iluminó el rostro.

—¡Ah, queridos, cuánto os he echado de menos! —dijo antes de pasarle la bolsa a Manilargo.

Entonces los dos esbirros se metieron dentro de la cámara y empezaron a llenar la bolsa con fajos y más fajos de dinero. Frank se asomó a la cámara para echar un vistazo a su interior.

—¿Has visto qué maravilla, chico? —empezó el señor Grande—. Ahí dentro hay más dinero del que podrías ganar en toda una vida de trabajo. Y ahí está, esperando que lo cojas.

Los ojos de Frank hacían **chiribitas**.

—Sé que te tienta, chico. Fíjate bien. Ese dinero puede darte todo lo que quieras. Cualquier cosa que se te ocurra.

Frank lo miraba fijamente, encandilado.

—Es... una preciosidad.

—Desde luego que sí —replicó el señor Grande, animándolo—. El dinero es la cosa más hermosa que hay en este mundo.

—Me encanta... —dijo Frank. Era como si el brillo del oro ardiera en su mirada—. Me encanta, me encanta...

—Pero... ¿socio? —intervino su padre—. ¡Piensa! ¿Qué estás haciendo?

—Ven conmigo, chico —continuó el señor Grande, tendiéndole la mano—. Ocupa el lugar que te corresponde a mi lado. Yo puedo ser el padre que nunca has tenido. Únete a mí. Juntos, podemos dominar el mundo.

Frank soltó un suspiro.

—Eso me gustaría —dijo—. Me gustaría muchísimo.

El pobre Gilbert tenía lágrimas en los ojos.

—¡SOCIO! ¡NOOO!

—Cuánto me alegro de que por fin hayas entrado en razón, muchacho —dijo el señor Grande, mirando a Gilbert con aires de superioridad.

—Manos a la obra —dijo Frank. Cogió la mano del señor Grande y lo guio hacia la cámara.

—¡¡¡SOCIO!!! —gritó Gilbert.

Como si estuviera en trance, el chico siguió avanzando, adentrándose cada vez más en la cámara acorazada.

El señor Grande se volvió hacia Gilbert y le dedicó una sonrisita cruel.

—Has perdido, hombrecillo.

CAPÍTULO

60

FURIA

Mientras Grande y sus matones seguían llenando la bolsa hasta los topes con fajos y más fajos de billetes, el chico retrocedió poco a poco hasta salir de la cámara. En cuanto cruzó el grueso umbral de la puerta metálica, susurró:

—¡Papá! ¡Los he enga-
ñado! ¡Échame una mano!

—¡Pero qué listo eres!

El chico empezó a cerrar la
pesada puerta. Su padre corrió
a ayudarlo y entre los dos la
empujaron con todas sus fuerzas. En ese momento, Grande
alzó la vista.

—¡LA PUERTA! —gritó,
y corrieron los tres en esa dirección. Se abalanzaron sobre

la puerta, empujándola con desesperación para no quedarse atrapados allí dentro.

—Sabía que no me fallarías —dijo Gilbert.

—¡Nunca! —replicó el chico mientras trataban de impedir que la puerta se abriera.

El señor Grande se las arregló para meter la cara en el hueco que había quedado entre la puerta y el marco.

—No puedes medirte conmigo, Gilbert —dijo el hombre—. Te compadezco. No tienes mujer, ni dinero, ni pierna. El plan era que murieras en ese pequeño «accidente» en la pista de carreras.

—¡¿Tú lo provocaste?! —preguntó Gilbert, temblando de furia.

—Yo quería a Rita. Y necesitaba quitarte de en medio. Para siempre.

—¡Yo te puse una bomba en el coche! —gritó Manilargo.

—¡Y yo te dejé sin frenos! —añadió Pulgarzón.

—Pero vuestro plan no ha funcionado, ¿verdad que no? —replicó Gilbert, desafiante—. ¡Porque sigo vivito y coleando!

—Tienes razón —concedió el señor Grande—. ¿Pero sabes qué? Casi prefiero que hayas quedado lisiado. Así he tenido el placer de verte sufrir todos estos años.

—¡PUES SE ACABÓ! —chilló Gilbert.

—¡AHORA TE TOCA A TI SUFRIR! —gritó Frank.

La ira dio fuerzas a la pareja. Juntos, padre e hijo consiguieron hacer retroceder a los tres delincuentes y cerrar la puerta de la cámara.

¡CL^{ONC}!

¡Pero no podían mantenerla cerrada!

—¡Maldita sea! —dijo Gilbert—. ¡Fíjate, han volado el cerrojo!

—Tenemos que atrancarla de algún modo —dijo Frank—. Démosle buen uso a esa cosa por última vez.

—¿Qué cosa?

—¡Tu pierna!

—¡No puedo dejarla aquí!

—¡Papá! ¡No nos queda otra!

A regañadientes, el hombre se quitó la prótesis y juntos la usaron para calzar la puerta. Les llegaba el sonido amortiguado de los tres delincuentes aporreándola por dentro y suplicándoles que se apiadaran de ellos.

—¡Podemos hacer un trato!

—¡Ha sido todo idea de Manilargo!

—¡Pulgarzón me obligó a hacerlo!

Frank y su padre se miraron y sonrieron.

—¿Lo ves, papá? ¡Hemos matado dos pájaros de un tiro. ¡Hemos devuelto el dinero y atrapado a los verdaderos ladrones de una sentada!

—Socio, ¡eres un genio! —exclamó Gilbert.

—Gracias, papá.

—La policía no tardará en encontrarlos. De hecho, tendríamos que largarnos de aquí ¡AHORA MISMO!

Sin más palabras, Gilbert pasó el brazo por los hombros de su hijo para no perder el equilibrio. Frank lo ayudó a subir la escalera de caracol.

Cuando llegaron a la puerta del banco, empezaba a amanecer. A lo lejos, oyeron las sirenas de la policía ululando.

¡NIIINOOO, NIIINOOO, NIIINOOO!

Echaron a correr calle abajo en la dirección opuesta.

—¡Genial! ¡Ahora solo nos queda meterte de nuevo en la cárcel, papá! —dijo Frank.

CAPÍTULO 61

MÁS RAROS QUE UN PERRO VERDE

Cuando por fin llegó a casa saltando a la pata coja, Gilbert volvió a ponerse el largo y *floreado* vestido de la tía Flip. Sin la pierna de madera le costaba moverse, así que Frank improvisó una nueva usando una vieja fregona de plástico que encontró en la cocina. Luego la pareja se subió a un autobús para ir hasta la **Cárcel de Malandanza**, que quedaba en las afueras del pueblo. Hasta la otra semana no se admitían visitas, por lo que tendrían que buscar la manera de colarse.

El plan de Frank era decir que traían malas noticias para su padre. Podían inventarse un pariente lejano —un primo, tío o algo por el estilo— y decir que había muerto y que querían darle la noticia en persona.

—¿Quién va? —bramó el señor Peonza a través del ventanuco de la inmensa puerta metálica de la **Cárcel de Malandanza.**

—Gilbert Buenote es mi padre y tengo que darle una noticia terrible —lloriqueó Frank. Se había provocado lágrimas escondiendo una cebolla cruda en un pañuelo y frotándose los ojos con ella.

Gilbert, disfrazado de tía Flip, puso un brazo sobre el hombro del chico.

—¡Ah, sois vosotros! —exclamó Peonza—. Pero si estuvisteis aquí ayer. No hay visitas hasta dentro de dos semanas. ¿Cuál es exactamente esa noticia TERRIBLE? —preguntó el celador—. Más os vale que sea de las que te rompen el corazón.

—No sé ni cómo decirlo sin venirme abajo, pero... —empezó Frank.

—¡DESEMBUCHA DE UNA VEZ, CHICO! —ordenó el señor Peonza.

—... su tío Keith ha pasado a mejor vida —farfulló Gilbert.

—¿Ha muerto? —preguntó el señor Peonza.

—Sí —contestó Gilbert.

—¿Muerto, muerto?

—Sí. Cien por cien

muerto. Muertísimo, vamos. Más muerto, imposible.

—¡Se lo diré! —replicó el señor Peonza. Dicho lo cual, cerró el ventanuco sin previo aviso.

Frank y su padre intercambiaron una mirada de pánico. Aquello no formaba parte del plan.

—¡TENEMOS QUE DECÍRSELO CARA A CARA! —gritó Gilbert a través de la puerta.

—¿POR QUÉ? —preguntó el señor Peonza a berrido limpio desde el otro lado.

—Mmm... ¡porque no queremos que usted nos estropee la sorpresa! —replicó Frank.

Gilbert miró a su hijo como si dijera: «¿De qué demonios estás hablando?».

—¿Sorpresa? —preguntó Peonza.

—Sí. ¡Mi padre odiaba al tío Keith! —contestó Frank.

Se oyó el tintineo de unas llaves, y luego la inmensa puerta metálica se abrió.

¡CLONC!

—Tenéis dos minutos. Y a ver qué hacéis, que os tengo echado el ojo —dijo el celador, aunque no dijo cuál de ellos, si el ojo real o el de vidrio.

El señor Peonza guio a Frank y a su padre hasta

una pequeña habitación de color gris y les dijo que esperaran. Instantes después, volvió acompañado por la tía Flip, disfrazada de Gilbert. La pobre mujer parecía agotada después de haber pasado una noche entre rejas.

—Al parecer, te traen malas noticias —le adelantó el celador—. Tu tío Keith la ha espichado.

—¿Quién? —replicó la tía Flip.

—Ya sabes, el tío Keith... —intervino Gilbert, guiñándole un ojo con la esperanza de que la mujer captara la indirecta—. Ese con el que tenías una relación tan estrecha.

—¡Ah, claro, el bueno del tío Keith! Por supuesto que me acuerdo de él —mintió la tía Flip—. ¿Cómo está?

—Muerto —contestó Frank.

—¿MUERTO? ¡NOOOOOO! —gritó la mujer, y rompió a llorar a moco tendido.

El celador no les quitaba los ojos de encima. O mejor dicho, el ojo.

—¿No me has dicho que tu padre odiaba al tío Keith? —preguntó el señor Peonza.

—Sí, bueno, odiar es una palabra muy fuerte, pero nunca te cayó demasiado bien, ¿verdad que no, papá? —preguntó el chico, insinuando la respuesta.

La tía Flip tardó unos segundos en reaccionar, pero luego rompió a reír a carcajadas.

—¡Ja, ja, ja! ¡El tío Keith ha estirado la pata! ¡Ya era hora!

El señor Peonza negó con la cabeza. Estaba hasta la coronilla de aquella estrambótica familia.

—Venga, largo de mi cárcel —ordenó—, que sois más raros que un perro verde.

—¿Podría darnos un momento a solas para llorar al difunto, señor Peonza? —suplicó Gilbert imitando la voz de la tía Flip.

—¿Para llorarlo? —preguntó Peonza.

—Quiero decir para celebrar su muerte —rectificó Gilbert.

El celador soltó un suspiro.

—De acuerdo, os doy un minuto, pero ¡ni un segundo más! —bramó, y salió dando un portazo.

¡PAM!

—Deprisa, cambiémonos —dijo Gilbert.

—Sí, no veo la hora de salir de aquí —confesó su tía.

—¿No has disfrutado de tu estancia en la cárcel, tía Flip? —preguntó el chico.

La mujer miró a Frank como si el chico estuviera loco de remate.

—¿Con todo este ruido, y toda esta gente? —replicó—. Tuve que compartir celda con seis energúmenos que eran hermanos. No pegué ojo en toda la noche. Me miraban de una forma extraña. Creo que sospechaban de mí, y temía que quisieran darme matarile mientras dormía, pero empecé a recitarles algunos de mis poemas sobre los placeres de la jardinería y en menos que canta un gallo estaban todos roncando.

—No me extraña... —murmuró Frank para sus adentros.

—Cierra los ojos mientras nos cambiamos —ordenó la tía Flip.

El chico obedeció.

—¡Ya puedes abrirlos! —anunció la mujer unos instantes después.

Frank abrió los ojos y comprobó con alivio que su padre volvía a ser su padre y la tía Flip volvía a ser ella misma.

—Qué gusto ponerme mi ropa. ¡Gracias a Dios! —exclamó la mujer, juntando las manos como si rezara.

¡CLIC!

En ese instante, el señor Peonza irrumpió de nuevo en la habitación.

—Muy bien, ya vale de reír, o llorar, o lo que sea que hacéis en esta familia cuando alguien pasa a mejor vida. ¡Vosotros dos, fuera!

Frank y la tía Flip salieron de la habitación. Desde el umbral, el chico se volvió a medias y dedicó una sonrisa a su padre.

—¡LARGO! —bramó el señor Peonza.

CAPÍTULO

62

CON LAS MANOS
EN LA MASA

A Frank le costó dejar a su padre en la cárcel y volver a casa con la tía Flip. Estaba seguro de que solo era cuestión de tiempo que todos supieran lo que había pasado en el banco. Al día siguiente, cuando pasó por el quiosco de Raj, supo que no se equivocaba.

¡TILÍN!

—¡Frank! ¿Has visto los diarios de hoy? ¡MIRA! ¡Por fin han detenido a esa banda de delincuentes que lleva años sembrando el terror en el pueblo!

—¡Déjame ver, Raj!

El chico corrió a leer los titulares.

—¡Ahora tendrán que soltar a mi padre! —exclamó el chico.

—¿Por qué? —preguntó Raj.

—¡Estos hombres son los verdaderos malos de la película!

El quiosquero se lo pensó unos instantes.

—Veamos... tu padre no ha podido participar en el atraco de anoche porque tiene la coartada perfecta: ¡estaba en la cárcel!

—¡Eso es! —exclamó el chico, intentando no irse de la lengua—. ¡Y además el dinero que los ladrones habían robado la otra vez ha vuelto a aparecer en la cámara acorazada!

Al oír esto, Raj frunció el ceño.

—¿Cómo lo sabes?

—¿Qué?

—¿Cómo lo sabes? Yo he leído todos los diarios y no ponen nada de eso.

El chico empezó a tartamudear.

—Yo... esto... bueno... mmm...

Raj lo miraba con los ojos como platos.

—Jovencito, no irás a decirme que has tenido algo que ver con todo esto, ¿verdad?

Frank pensó que más le valía mantener su gran plan en secreto.

—Raj, tengo que irme.

—¿Adónde?

—¡Al juicio! ¡Voy a intentar sacar a mi padre de la cárcel!

—¡Esto no me lo pierdo yo! —replicó el quiosquero, y salieron los dos a toda prisa.

¡TILÍN!

CAPÍTULO

63

FRUTA PODRIDA

Esa tarde, Frank y la tía Flip se abrieron paso entre la muchedumbre que esperaba a las puertas del tribunal y se las arreglaron para encontrar dos asientos libres arriba, en la galería. La sala estaba llena a rebosar de gente que se moría de ganas de ver al señor Grande y sus secuaces en el banquillo de los acusados. Había decenas de periodistas, con sus blocs de notas y lápices, listos para recoger hasta el último detalle de un juicio que al día siguiente llenaría las primeras páginas de los diarios. Pero más numerosos aún eran los vecinos del pueblo a los que la banda criminal había amedrentado a lo largo de los años, y que ahora charlaban emocionados.

—*¡Por fin han cogido a ese pequeño bellaco!*

—**¡Espero que lo encierren para siempre!**

—¡Las otras dos hienas son igual de malvadas que él!

—¡QUIENQUIERA QUE HAYA HECHO ESTO SE ME-
RECE UNA MEDALLA!

—*¡Hacía años que este pueblo no tenía nada que
celebrar!*

Frank y la tía Flip los escuchaban en silencio e
intercambiaron una sonrisa.

Todos los presentes se levantaron cuando el juez
Pilar entró con su paso cansino. Se sentó en su trono
y golpeó el escritorio con la maza.

—Traed a los acusados.

El señor Grande, Manilargo y Pulgarzón entraron
en la sala, escoltados por varios policías. Iban esposa-
dos y seguían llevando puesta la ropa chamuscada de
la víspera. Al verlos, los vecinos del pueblo montaron
en cólera. Habían escondido fruta podrida en los bolsillos y empezaron a tirarla a los tres delincuentes.

¡FIUUU!

—¡CHÚPATE ESA! —gritó la anciana del audífono, arrojando una sandía.

¡PLOF!

La sandía se estrelló contra la cara del señor Grande y lo regó todo a su alrededor con una lluvia de
zumo rojo.

Un hombrecillo que llevaba un collarín ortopédi-
co tiró una piña que golpeó a Pulgarzón en la nariz.

¡PUMBA!

—¡AY! —gritó el esbirro.

—¡DONDE LAS DAN, LAS TOMAN! —gritó el hombrecito, y todo el mundo se puso a aplaudir.

—¡ASÍ SE HACE!

Si Manilargo estaba contento porque era el único al que no habían dado, no tardaría en cambiar de opinión. Una señora que iba en silla de ruedas sacó un tirachinas y le lanzó una bolsa de tomates. Uno tras otro, los tomates explotaron en la cara del hombre.

¡CHOF! ¡CHOF! ¡CHOF!

—¡TOMA, TOMA Y TOMA! —gritaba la señora.

—¡Basta! —chilló Manilargo entre lágrimas.

El juez, que parecía haberse quedado paralizado ante semejante caos, cogió al fin la maza.

¡PAM, PAM, PAM!

—¡ORDEN EN LA SALA!

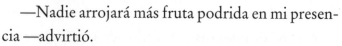

Los ánimos se tranquilizaron.

—Nadie arrojará más fruta podrida en mi presencia —advirtió.

—Alguien acaba de tirarme unos tomates —dijo Pulgarzón—. Eso es verdura, ¿verdad?

—¡No, los tomates son fruta! —intervino Mani-

largo, malhumorado, limpiándose el zumo de toma-
te de la cara.

—Pues yo juraría que son verdura.

—¡QUE NO! ¡QUE LOS TOMATES SON
FRUTA, PATÁN!

—¿Lo son? —preguntó Pulgarzón a los presentes
en la sala.

—¡SÍ! —contestaron todos al unísono.

—Vaya, nunca te acostarás sin saber algo más —se
dijo Pulgarzón.

—Y ahora, que los acusados... —empezó el juez.

Justo entonces, un huevo pasó zumbando y se estrelló contra la nariz del señor Grande.

¡CREC!

—¡Ay! —gritó el jefe de la banda criminal.

—¿Quién ha tirado eso? —preguntó el juez.

Nadie contestó.

—¡He dicho que quién lo ha tirado!

Una vez más, nadie dijo esta boca es mía.

—El juicio no empezará hasta que sepa quién ha
tirado ese huevo.

Al cabo de unos instantes, la madre Judith levantó
la mano.

—¿¿USTED?? —exclamó el juez.

—Lo siento, Señoría —replicó la mujer—. Usted

ha dicho que no podíamos tirar fruta podrida, pero no ha dicho nada de huevos podridos.

Las carcajadas resonaron por toda la sala.

¡JA, JA, JA! ¡JA, JA, JA! ¡JA, JA, JA! ¡JA, JA, JA! ¡JA, JA, JA! ¡JA, JA, JA!

—Perdonen que interrumpa —intervino Raj—, pero yo me he traído un repollo podrido, que como todo el mundo sabe es una verdura. ¿Puedo tirarlo, señor juez?

—¡NO! —bramó el juez—. ¡No se puede tirar nada de comida!

—Entendido. Si alguien quiere comprarme el repollo podrido, aceptaré cualquier oferta por encima de un penique.

—¡SILENCIO!

—¡CHISSS! —ordenó Raj a las personas de su alrededor, aunque él era el único que estaba hablando.

—Que se levanten los acusados, si son tan amables —dijo el juez.

Los tres hombres se levantaron.

—¡Señor Grande, he dicho que se levante, si es tan amable!

El hombrecillo miró al juez frunciendo el entrecejo.

—Ya lo he hecho, Su Santidad.

—Ah, usted perdone —repuso el juez—. Veamos, se les acusa del delito de asaltar un banco. ¿Cómo se declaran, inocentes o culpables?

Pulgarzón levantó la mano.

—¿Qué se dice cuando lo has hecho pero no quieres que nadie se entere de que lo has hecho?

—Inocente —contestó el juez.

—Pues entonces me declaro inocente —dijo Pulgarzón.

El señor Grande y Manilargo lo fulminaron con la mirada. Los había delatado a todos.

CAPÍTULO

64

LA VERDAD

Ni que decir tiene que el jurado no tardó demasiado en dictar un veredicto.

—¡CULPABLE! —anunció el portavoz.

—¡Los condeno a prisión perpetua! —anunció el juez, blandiendo la maza.

La multitud reunida en la sala de juicio rompió a aplaudir.

—¡VIVA!

Un repollo podrido salió volando...

¡FIUUU!

... y alcanzó al señor Grande en la barbilla.

¡ÑACA!

—¡AAAY! —chilló el hombre.

—¡Lo siento! ¡Se me ha ido la mano! —dijo Raj.

—¡Sacadlos de aquí! —ordenó el juez.

Los tres hombres lanzaron una mirada asesina a Frank antes de salir de la sala.

—¡Tu papaíto me las pagará! —gritó el señor Grande.

—¿De qué está hablando? —preguntó el juez Pilar.

—¿Me permite, Señoría? —preguntó Frank educadamente, levantando la mano para hablar—. El señor Grande se refiere a mi padre, Gilbert Buenote. Usted lo condenó a diez años de cárcel por el primer asalto al banco. Un asalto que estos hombres lo obligaron a cometer.

—¿Es eso cierto?

—Sí, Señoría. Amenazaron con hacerme daño si se negaba a conducir el coche en el que planeaban darse a la fuga.

En la sala se oyeron gritos y abucheos.

—¡QUÉ VERGÜENZA!

El juez blandió su maza y golpeó el escritorio.

—¡SILENCIO! ¿Dónde está tu padre?

—En la cárcel, Señoría —contestó el chico.

—Ah, sí, por supuesto. Qué tonto soy —repuso el juez. Luego llamó a uno de los ujieres y ordenó—: ¡Traed cuanto antes a Gilbert Buenote!

*

Una hora después, habían sacado a Gilbert de la **Cárcel de Malandanza** y lo habían trasladado al juzgado en un furgón policial. Ahora estaba sentado en el banquillo de los acusados, el mismo que habían ocupado antes los tres miembros de la banda criminal.

—Señor Buenote, ha quedado demostrado que conducía usted el coche en el que la banda criminal se dio a la fuga después del primer asalto al banco —empezó el juez.

—Correcto, Señoría —reconoció Gilbert.

—Pero su hijo sostiene que el señor Grande y sus esbirros habían amenazado con hacerle daño si no participaba usted en el golpe.

—Es verdad, Señoría. Y mi hijo es lo *más valioso* que tengo en el mundo. Es lo único que tengo.

Gilbert sonrió a Frank, que estaba en la galería.

—Y queda claro que no ha podido usted participar en el segundo asalto al banco.

—No he tenido nada que ver con eso. ¿Cómo iba a hacerlo, Señoría? Estaba en la cárcel.

—Llegados a este punto, me gustaría llamar a un celador de la **Cárcel de Malandanza** para que preste testimonio.

—¡TRAED AL SEÑOR PEONZA! —ordenó a grito pelado uno de los ujieres.

La puerta se abrió y el señor Peonza subió al estrado.

—Sí, puedo confirmar que el señor Buenote ha estado todo este tiempo en la cárcel, Señoría —afirmó el celador—. ¡A mí no se me escapa una!

—Gracias, señor Peonza —repuso el juez—. Bueno, señor Buenote, el dinero robado durante el primer asalto al banco, en el que usted se vio obligado a participar, ha sido devuelto. Y está claro que no pudo usted participar en el segundo atraco, puesto que la noche en cuestión estaba en la **Cárcel de Malandanza.** Así que voy a darle una buena noticia...

Frank y su padre intercambiaron una mirada. ¡El

plan había funcionado a las mil maravillas! Pero antes de que el juez terminara la frase, el sargento Chasco entró en la sala con un paquete alargado debajo del brazo.

—Vaya, vaya, vaya... —empezó el policía—. Al parecer, Gilbert Buenote los ha engañado a todos.

—¿A QUÉ SE DEBE ESTA INTERRUPCIÓN, AGENTE? —bramó el juez.

—Sé muy bien de qué pie «cojea» este hombre —anunció el sargento con retintín, muy orgulloso de su juego de palabras—. ¡Sí que participó en el atraco de anoche, y puedo demostrarlo!

—¿CÓMO?

—¡Dejó algo en la escena del crimen!

—¿EL QUÉ?

—¡Tal vez no lo sepa, pero metió «la pata» hasta el fondo!

Gilbert empezó a removerse en la silla, nervioso. Frank apenas podía respirar. Aquello era un sinvivir.

—¿De qué diantres está hablando, si puede saberse? —preguntó el juez con cara de pocos amigos.

—Gilbert Buenote cometió un error que le saldrá caro. No le costará un ojo de la cara, pero sí una pierna.

—¿Quiere hacer el favor de callarse? —ordenó el juez.

—¡No! ¡No pienso callarme! ¡Porque el hombre que está usted a punto de absolver se dejó esto en la escena del crimen!

El sargento abrió el envoltorio y sostuvo en alto la prótesis de madera de Gilbert.

Todos los presentes en la sala se quedaron estupefactos.

—¡*AHÍ VA!*

Ahora sí que no había escapatoria.

CAPÍTULO

65

FRANK TOMA LA PALABRA

—¿Me permite que diga unas palabras en nombre de mi padre, Señoría? —preguntó el chico.

—Esto es de lo más insólito, jovencito —contestó el juez.

—Sé que no soy más que un niño, pero creo que tengo algo muy importante que decir.

El público presente en la sala manifestó su apoyo a Frank.

—*¡DEJE HABLAR AL CRÍO!*

—¡DELE UNA OPORTUNIDAD!

—**¡A VER QUÉ TIENE QUE DECIR!**

—¡ESTO ES MEJOR QUE LA TELE!

—¿PODÉIS ESPERAR TODOS UN SE-GUNDITO? ¡TENGO PIPÍ!

Finalmente, el juez dio su brazo a torcer.

—De acuerdo, de acuerdo. Muy bien, muchacho.

Sube al estrado y di lo que tengas que decir. Pero por favor, sé breve.

—Gracias, Señoría —dijo Frank. Bajó las escaleras a toda prisa, fue a colocarse junto a Gilbert y solo entonces empezó a hablar—. Cuando lo condenó a una pena de diez años de cárcel, usted dijo que este hombre era un **«mal padre»**, Señoría. Pero yo pregunto: ¿se ocupa un **mal padre** de que no le falte comida a su hijo? ¿Se molesta un **mal padre** en rebañar hasta el último penique para comprarle a su hijo un regalo de Navidad? ¿Se asegura un **mal padre** de que su hijo no tenga que ir a clase con los zapatos destrozados?

En la sala había ahora un silencio sepulcral.

—No. Eso no es un **mal padre**. Mi padre ha tenido que criarme solo desde que mi madre nos abandonó. No tuvo más remedio que conducir el coche en el que la banda se dio a la fuga en el primer asalto al banco. Había pedido dinero prestado porque no le quedaba más remedio. El señor Grande y su banda habían amenazado con hacerme daño si mi **padre** no les devolvía cien veces la cantidad prestada, y como no podía hacerlo, lo obligaron a trabajar para ellos.

Raj lloraba a moco tendido...

¡BUAAA!

... y cada vez que se sonaba la nariz con un pañuelo, parecía un elefante barritando.

¡HHHÍÍÍÍÍÍÍÍÍ!

—Si el jurado y yo hubiésemos sabido todo esto, el veredicto del primer juicio podía haber sido distinto —dijo el juez—. Muy distinto.

—Gracias, Señoría. Pero mi padre no delató al señor Grande y a su banda porque ellos le dijeron que me harían daño si se iba de la lengua.

—Como padre que soy, además de abuelo, me siento escandalizado y **horrorizado** —afirmó el juez Pilar.

—Cuando lo enviaron a la cárcel, yo organicé un plan para sacarlo de allí a escondidas, solo por una noche. Se me ocurrió que estar entre rejas era la coartada perfecta. Juntos, recuperamos todo el dinero que la banda había robado y lo devolvimos al banco, hasta el último penique.

Los ojos del señor Peonza daban vueltas en su cabeza. ¡No podía ser verdad!

—Cuando fuimos a devolver el dinero al banco, el señor Grande y sus matones nos siguieron, así que hicimos lo que la policía de este pueblo no ha podido hacer en todo este tiempo: pillar a la banda con las manos en la masa.

Todas las miradas se volvieron hacia el sargento Chasco, que ponía cara de «tierra trágame».

—Esa pierna que el sargento Chasco presume de haber encontrado se usó para encerrar al señor Grande y a sus secuaces en la cámara acorazada. Mi padre sacrificó su propia pierna... bueno, su prótesis, para que esos delincuentes que llevan años sembrando el pánico en nuestras calles respondieran ante la justicia. Tuvo que volver a casa saltando a la pata coja.

Estas palabras despertaron una oleada de solidaridad.

—¡Aaahhh!

—Ahora mismo se apoya en una vieja fregona de plástico.

El padre se arremangó la pernera para enseñar el palo de la fregona.

La reacción fue de completa simpatía.

—¡Aaahhhhhh!

La madre Judith y la tía Flip lloraban como dos magdalenas. Se habían sentado una al lado de la otra y compartían un pañuelo de encaje. Se sorprendieron un poco al descubrir que, sin darse cuenta, se habían abrazado.

—Así que no estamos ante un **mal padre**, sino ante un buen padre. Un padre buenísimo. De hecho, es el mejor padre del mundo. Y yo no podría estar más orgulloso de ser su hijo.

Frank miró a su padre. Ambos tenían lágrimas en los ojos. Le había costado encontrar las palabras justas, pero a Gilbert le había costado mucho más escucharlas. Las personas rara vez dicen lo que de veras sienten en lo más profundo de sus corazones.

Todos los ojos se volvieron hacia el juez Pilar.

—He escuchado con mucha atención todo lo que nos has dicho. Es innegable que tu padre participó en el asalto a un banco. Sin embargo, hay circunstancias que este tribunal no conocía en el primer juicio. Circunstancias que nos obligan a estudiar el caso desde una nueva perspectiva. Tu padre ha cumplido dos meses de cárcel. Es más que suficiente. Hoy este tribunal le concede la absolución total. A partir de este instante, ¡es un HOMBRE LIBRE!

El público rompió a aplaudir y a gritar de alegría, mientras el sargento Chasco pateaba el suelo y se marchaba hecho un basilisco.

Gilbert abrió los brazos y Frank corrió hacia él.

El hombre lo cogió en volandas y se puso a dar vueltas.

Luego lo abrazó con fuerza.

—**Te quiero, socio** —susurró al oído del chico.

—**Yo también te quiero.**

CAPÍTULO

66

NI UN ASIENTO LIBRE

—Te quiero.

—Yo también te quiero.

Habían pasado seis meses, y Frank y su padre estaban sentados en la iglesia mientras otras dos personas intercambiaban esas mismas palabras. Era el día de la boda de la madre Judith y la tía Flip. La feliz pareja se miró a los ojos y se besó.

—¡Mi primer beso! —exclamó la tía Flip.

—Pero no el último, eso seguro —repuso Judith.

Los invitados a la boda aplaudieron entre vivas. Por fin, la iglesia del pueblo se había llenado de gente.

Raj estaba sentado en primera fila, llorando otra vez a moco tendido.

El agua de la lluvia también volvía a colarse por el tejado de la iglesia. Las goteras salpicaban a las dos novias, pero nada podía aguarles la fiesta. Ambas sonreían como nunca lo habían hecho.

—¡He escrito un poema para la ocasión! —anunció la tía Flip.

—Oh, no... —murmuró Frank para sus adentros.

—Se titula «Mi querida Judith».

Hasta el día que te conocí
nadie se había enamorado de mí.
Ha sido toda una aventura
quitarme esta vieja armadura.
El amor es mi nuevo idioma,
me siento como una paloma.
No de esas que los magos sacan de la chistera,
sino de las que vuelan ahí fuera,
meciéndose en la dulce brisa,
libres como la risa.

Los invitados a la boda rompieron a aplaudir con entusiasmo.

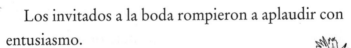

—No ha estado mal —opinó Gilbert.

—¡Increíble pero cierto! —exclamó Frank.

La tía Flip parecía abrumada por la reacción del público.

—Gracias, gracias. He traído otros diecisiete poemas.

—Que reservaremos para otro día —se apresuró

a decir Judith, sonriendo a su esposa—. Como podéis comprobar, el tejado de la iglesia sigue necesitando una reparación urgente, así que por favor nada de regalos de boda. En vez de eso, vamos a hacer una colecta para el nuevo tejado. Si tenéis unas moneditas, dejadlas en la bandeja que pasaremos entre los invitados. Muchas gracias.

—¿Llevas algo de dinero encima, papá? —preguntó Frank.

Su padre se remangó los pantalones, dejando la prótesis a la vista.

—Papá, ¿qué haces?

—Ya lo verás.

El hombre sacó un trozo de madera que ocultaba un compartimento secreto. Por dentro, la prótesis estaba llena a rebosar de billetes de cincuenta libras.

—¿De dónde han salido? —preguntó el chico.

—¡De la caja fuerte del señor Grande, por supuesto!

—Pero me dijiste que...

—Lo sé, socio. Lo siento. Cuando no mirabas, cogí un fajo de la caja fuerte y lo escondí en mi pierna. Hay suficiente dinero para reparar el tejado de la iglesia ¡y aún nos queda un buen pellizco!

—¡Menudo bandido estás hecho! —bromeó Frank.

—¡Papá bandido!

—Pásame la pasta.

Frank miró el fajo de billetes de cincuenta libras que tenía en la mano. El dinero no era hermoso.

Era feo, o por lo menos obligaba a las personas a hacer cosas feas. Cuando la bandeja llegó a su fila, Frank depositó en ella todos los billetes y la devolvió.

—¡SOCIO! —exclamó su padre—. ¿Qué haces?

—No lo necesitamos, papá. No nos ha dado más que disgustos.

—Pero...

—Nada de peros. No va a hacernos felices.

—Supongo que tienes razón, socio —dijo Gilbert con un suspiro de resignación mientras veía cómo la bandeja se alejaba.

¡DIN, DON! ¡DIN, DON! ¡DIN, DON! ¡DIN, DON!

Las campanas repicaron al finalizar la ceremonia.

Cuando los invitados abandonaron la iglesia, Frank se quedó boquiabierto al ver que había un Mini con la bandera británica pintada esperándolos en la puerta.

—¿**Reina**? —preguntó el chico—. ¡No puede ser! ¡La grúa la dejó para el desguace!

—¡Es **Reina II**! —explicó su padre—. Rescaté todo lo que pude y le añadí algunas piezas que encontré en el cementerio de coches. Pero el corazón sigue siendo el de siempre.

—¿Por qué no me lo dijiste?

—Quería que fuera una sorpresa para las recién casadas.

—¡Oh, muchas gracias, Gilbert! —exclamó la madre Judith.

—¡Nuestra luna de miel en la playa no podría empezar con mejor pie! ¡Gracias, gracias, gracias! —añadió la tía Flip—. ¡Casi me alegro de que me obligarais a dormir una noche en la cárcel!

—Siento que tuvieras que pasar por eso —dijo Frank.

—¿Quién conduce? —preguntó Gilbert, sosteniendo las llaves del coche.

—¡Yo! —exclamó la tía Flip.

—¡De eso nada, yo conduciré! —replicó la madre Judith.

—¡Fijaos, su primera discusión de casadas! —observó Raj mientras lanzaba lo que parecía arroz sobre la pareja—. Pues sí que empiezan pronto.

La tía Flip
intentaba qui-
tarse aquellas
cosas del pelo.

—¿Qué es
esto, Raj?

—Ah, tenía unas mininubes bastante caducadas y pensé que podía usarlas en vez del arroz.

—Gracias, Raj —dijo la madre Judith irónica- mente mientras se arrancaba aquellas bolitas pegajo- sas del pelo—. Nos las podemos comer más tarde.

—Yo no lo haría —repuso el quiosquero—. Tie- nen un poco de **moho**.

—¡Puaj!

Los invitados se despidieron con la mano mien- tras el coche arrancaba a toda pastilla.

¡BRRRum!

—¡Cuidado! ¡Me la tenéis que devolver sana y salva! —gritó Gilbert.

—¿No estarás pensando en volver a competir en las carreras, verdad? —preguntó Frank.

—Yo no, pero tú sí.

—¿*Yo*?

—¡Claro, socio! Si quieres, claro está. No se te da nada mal conducir.

—Gracias, papá.

—Y yo puedo enseñarte todo lo que sé.

El chico sonrió.

—Hacemos un buen equipo, papá.

—Desde luego, socio.

Padre e hijo se fueron caminando.

—Tu madre me ha mandado una carta —empezó Gilbert.

—¿Ah, sí? —repuso Frank.

—Quiere venir al piso la semana que viene. Solo a tomar una taza de té y a ver cómo estás. ¿Qué te parece?

Frank se lo pensó unos instantes.

—Vale. Una taza de té. Creo que es una buena manera de empezar.

—De empezar de cero —añadió su padre.

—Eso sí, tendremos que pedirle que traiga el té —bromeó Frank.

—Y la leche.

—¡Y el azúcar!

—Y el agua caliente.

—¡Aparte de eso, tenemos todo lo necesario para preparar una deliciosa taza de té!

CAPÍTULO

67

UN DESEO

En el camino de vuelta al bloque de apartamentos, Frank y su padre cruzaron el parque y pasaron por delante del pozo de los deseos. Gilbert hurgó en los bolsillos de su pantalón hasta encontrar un penique.

—Solo tengo esto, socio —dijo el hombre—. ¿Te apetece pedir un deseo, como en los viejos tiempos?

—No necesito pedir un deseo.

—¿Por qué no?

—No me queda nada que desear. Lo único que siempre he querido, lo único que siempre he necesitado, eres tú, papá.

—Eres mi mejor amigo, hijo.

—Y tú eres mi mejor amigo, papá. Ahora y siempre. Anda, acompáñame.

—¿Adónde?

—¡Al quiosco de Raj! —exclamó el chico—. ¡Tenemos todo un penique para derrochar!

—¡No te lo gastes todo de golpe!

Los dos amigos intercambiaron una sonrisa y se fueron juntos con los brazos entrelazados en un **achumaco** muy especial.

Puede que solo tuvieran un penique, pero sus corazones eran de oro macizo.